知翎

知翎

網路小說的法則 1

My Life as an Internet Novel

作者序

大家好，我是這本書的作者Yu Han-ryeo。

《網路小說的法則》已經完結一段時間了，如今這部作品終於能夠與臺灣讀者見面，實在是讓我興奮不已！這個作品講述主角咸小丹穿越到網路小說裡，經歷各種小說的「荒唐法則」，一步一步成長的故事。故事中的其他人物會與主角咸小丹一起成長，關係也日益緊密，希望各位讀者能開心地欣賞這部作品。謝謝大家！

目錄

My Life as

an Internet Novel

網路小說的法則

My Life as an Internet Novel

Prologue

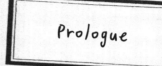

雖然有些老套，但我還是先做個自我介紹吧。我叫咸小丹，今年十七歲，距離高中入學只剩下十天了。

我出生在平凡的家庭，有著平凡的長相與個性，是個平凡到覺得自己的人生已經不能再更平凡的女生。

至少到十四歲前都是這樣。

你問我十四歲以後發生了什麼事？

眞的非常、非常可怕，不，光用一句話根本難以解釋……

要敘述這件事，就不得不先講個前提——你有聽過「網路小說」嗎？就是風靡網路好一陣子的連載小說：男主角是一天到晚蹺課打架，卻又總是校排第一，長相不輸偶像明星的富家少爺；女主角則是普通到不行的窮人家小孩。

突然提到這些可能有點唐突，但要解釋我的人生，就不能省略這一點，眞的。

網路小說的法則

My Life as an Internet Novel

第1條

女主角嗎？她住在我家隔壁

二〇〇七年三月二日是我國中開學典禮的日子。前一天還因爲極度不安與興奮而失眠，由於一直在床上打滾，睡不著的我只好拿本書出來看。待睡意湧上，看不清楚字時才肯把書放下，接著再次睜開雙眼，天已經亮了。我頂著一頭亂髮起床，枕邊還放著昨晚沒看完的書。

我走到客廳，吃了媽媽準備的早餐，然後再刷牙洗臉、洗頭，直到這一刻，都還是個平凡的早晨。我平靜地站在衣櫃前，但一看到掛在衣櫃門前的全白色制服時，頓時啞口無言。

嗯？我皺著眉看了一會兒，又揉了揉眼睛，卻沒有什麼不同，於是我乾脆用頭撞了一下牆，然後再次看向衣櫃，仍然沒有任何變化。

奇怪？還以爲上面掛的是我的制服，但愈看愈覺得那件制服像精神病院的病人服。顧名思義就是白色外套、白色裙子，雖然背心是淺米色的，不過也沒比較好。只要穿上這套制服，再扣上外套的釦子，看起來肯定一身白。

值得慶幸的是，這不是我們學校的制服，我們學校的制服是普通的靛藍色。

我呆愣了許久後，叫住了媽媽。

「媽，我的制服呢？」

「什麼？」

剛在廚房洗好碗的媽媽出現在房門前。我晃了晃白色的制服向她問道。

「媽，這不是我們學校的制服啊！我的制服呢？」

「妳在說什麼啊？這就是妳的制服啊，不是一個禮拜前才訂好的嗎？」

「蛤？」

「蛤什麼？」

令人困惑的沉默持續了好一陣子，然後媽媽似乎以為我在開玩笑，打了一下我的背就走出房間了。換作是平時，我早就大聲喊痛了，但我卻沒有反應，只是獨自瞪著那件制服。

『不對，等等……』我心想。制服閃閃發亮著，猶如被陽光照射的發光體一樣。

『這真的是我們學校的制服嗎？我以後都得穿著這套制服上學嗎？這種瘋狂的制服，普通人根本無法駕馭吧？』

不知為何，才開學第一天就有種大事不妙的感覺。穿上制服的同時，我不禁皺著臉。但是，並非穿上這套制服一切就結束了，這不過是在預告將來三年的不幸罷了。

當我踏出玄關的第一步時，就察覺到這一點了。

我一走出去便看到一個陌生女孩靠在門前，讓我嚇了一大跳。我們之間的距離，近到只要我開門的力氣再稍微大一點就會撞上她。拜託，她幹嘛站這麼近啊？我揪著心跳飛快的胸口看向她，接著張大了嘴。

她是個漂亮女生，真的很漂亮，我這輩子還是第一次跟這種大美女只有一步之遙的距離。

她白皙的肌膚甚至透出微微的血絲，長至腰間的烏黑秀髮猶如直尺畫出來般柔順。陽光從她的頭頂灑下，讓她亮麗的秀髮透出紫色的光澤。光線下的她，眼珠也呈現晶瑩剔透的紫色，而陽光未照映到的地方則如瞳孔般漆黑。

厚度恰到好處的嘴唇十分有光澤，鼻子則是小巧又直挺，光是看著她，就覺得她的臉在發光。

我直盯著她，甚至忘記要去上學，但當我發現她也默默地看著我時，才猛地回過神來。啊，這才初次見面，我未免看得太無所顧忌了吧！

我心想，『之前都沒看過她，是剛搬來的鄰居嗎？』總之，隔壁竟然住著這麼漂亮的女生，年紀看起來也跟我差不多，希望能和她好好相處，不要這麼快就被她討厭。

好險她看起來並沒有不開心，只是用清澈的眼神盯著我的臉。要跟她打招呼嗎？就在我尷尬地想伸出手的那一刻……

她開朗地笑了，還伸出手來抓住我的手。她、她會不會太積極了啊？當我忍不住這麼想的時候——

「小丹，再拖下去就要遲到了，快走吧。」

「……？」

她連嗓音都這麼美妙……不對，這不是重點！

她說什麼？驚嚇過頭的我只能愣愣地看著她牽住我的手。與此同時，她大步地將我拉往電梯的方向。等等，什麼意思啊？我一鬆開她的手，她便轉頭看向我，還是用那種令人心跳不已的澄澈眼神。我開口問她。

「呃，妳這是在做什麼？」

才第一次見面就直呼我的名字，還催我趕快走，現在又是在演哪齣？但她卻裝出一臉比我還驚訝的表情，向我問道。

「什麼做什麼？當然是去上學呀！」

「我知道要去上學啊！只是我爲什麼要跟妳一起去？」

「蛤？」

她困惑地反問我，然後又突然露出尷尬的神情閉上嘴，眉頭微蹙。

一陣沉默頓時籠罩著我們。我突然發現她的制服和我的同款。即使是站在光線不佳而陰暗的走廊上，這身全白的制服也依舊白得刺眼。她的胸前掛著名牌——潘如翎。我在心中默念，這是我第一次見到的名字。

潘如翎哀傷地看著我，然後再次伸手抓住了我，接著開口說道。

「知道了，我知道妳想說什麼，但我們還是先去學校吧。」

雖然我想回她：我根本搞不清楚現在是什麼情況，妳又知道什麼了？但她說話時眞誠無比的眼神卻讓我說不出口。我從她的眼神感覺到，她認爲我不是失去了記憶，就是在對她開惡劣的玩笑。

我一句話也沒說，潘如翎則拉開了一點距離，和我並排走著。即便下了電梯，我們還是不發一語。離開公寓，走到大街上後，我突然有種新奇的感覺，不禁看向四周。

奇怪，我在這個社區住了十三年，從沒看過這麼花俏的白色制服，但今天卻像是約好似的，上學路上清一色都是穿著白色制服的學生，這像話嗎？

我錯愕地左右張望。路上的男同學們不經意地觀察周遭，然而，當他們看見靜靜走在我旁邊的潘如翎時，便一個個地僵在原地。

早春冷颼颼的陽光照映在潘如翎雪白的額頭上。燦爛的光線灑在她圓潤的鼻尖，以及低垂的睫毛上。

漂亮的潘如翎讓人每看一次就忍不住讚嘆一次，但也許是因爲我，她的表情透出一絲憂鬱，不過就連這個表情也美得令人嘆息，我可以理解爲何周遭的人會邊走邊出神地盯著她看。

在我凝視著潘如翎時，她突然將視線轉向我。接著她又看了看四周，然後有些畏畏縮縮地勾住我的手臂，並叫了我的名字。

「小丹。」

「嗯？」

「我可以勾著妳的手走嗎？」

她在說這些話的時候，一邊不安地看著那些用視線包圍著她的人。她應該是對這些眼神感到不自在吧？也對，畢竟這條路上的人全都只盯著她看。

我猶豫了一下，便將自己的手臂微微靠在她的手臂上。潘如翎一看到我的動作後露出微笑，並一把抓住我的手，接著邁開步伐。總覺得我好像變成了她的護花使者，而我並不討厭這種感覺。

我們距離學校愈來愈近。我有去那裡考過分班考，所以對建築物的模樣大概有個印象。那間學校就跟尋常的公立國中一樣有些老舊，但也不差，就是個普通的、用來上課吃飯的灰色建築。

就在我想著學校的模樣，而抬起頭的那一刻，我看見了遠方藍天下的學校圍牆另一端，矗立著威風凜凜的高大建築。咦？我皺了皺眉。在這個社區生活了十三年的我，還是第一次看到那樣的學校。學校的高度看起來約莫五層樓，好像還分成了本館和別館，而別館的外牆都是玻璃牆，根本只有百貨公司會那樣蓋吧？那怎麼可能是學校啊！但是我愈走愈近，學校的輪廓就越發清晰。整齊的褐色磚牆圍繞著校園，前方的校碑則刻著學校的名字——

至尊國中

咦？我瞬間停下了腳步。潘如翎看著我問道。

「怎麼了？」

總之，在全新的衝擊下，我只能愣在原地。我的頭嗡嗡作響，彷彿被人用槌子打了後腦勺一般。

但我的表情隨即豁然開朗。沒錯，就是這樣！我握緊拳頭，對著潘如翎大叫。

「喂，妳幹嘛害我搞混啊？」

「蛤？」

潘如翎嘴角僵硬，一臉錯愕。我再度指著學校朝她大喊。

「吼，難怪制服不一樣！這間學校根本不是我的國中啊！」

「妳、妳說什麼？」

「我念的學校叫大潭國中！什麼至尊國中，聽都沒聽過。欸，連建築物都長得不一樣，這裡不是我的學校啦！」

「什麼？」

潘如翎一副搞不清楚狀況的樣子，困惑地問道。而我恍然地看著那些穿著白色制服走進至尊國中校門的人群，再次露出笑容。

沒錯，這裡不是我的國中！既然不是我的學校，制服當然不一樣囉！

看來是媽媽搞錯了學校，才會連制服都拿錯，還把我送到了別間學校。而且眼前這個叫做潘如翎的女生，肯定也是因爲我和她穿著一樣的制服，才會把我帶來這裡。我對著潘如翎大聲說道。

「喂，保重！我要去我的學校囉！既然我們是隔壁鄰居，下次見面時打聲招呼吧！」

「呃，小、小丹！妳要去哪?!」

潘如翎訝異地抓住我的手臂。既然問我要去哪，有問有答才是人之常情！我灑脫地回答道。

「當然是去我的學校啊！我念的是大潭國中，不是這裡！」

「蛤？什麼意思？我們不是一個月前才一起來這裡考分班考嗎？」

這句話讓我僵住了。她說什麼？不過我又再次揚起嘴角。

「沒有啦，妳應該是搞錯人了。我參加考試的學校是大潭國中耶！」

「什麼？這附近沒有那所國中啊！」

「不不不，有啦，只是妳不知道而已。」

潘如翎，妳不知道，不代表它不存在呀。

我抱持著這樣的想法，果斷地回答她，並拍拍她的肩膀。此刻的我，就像是全世界最寬宏大量的人。自從發現接下來的這三年，自己不必穿上這身猶如精神病患服的全白制服後，我的心裡便洋溢著喜悅。

我爽快地拍了拍潘如翎的肩，然後笑著轉過身。

「拜囉！我要去我的學校了！」

「小丹，等等！」

不顧背後潘如翎愈來愈急迫的喊叫聲，我用幾乎快飛起來的步伐，輕巧地離開這間學校。也許是她的呼喊太過迫切，眾人看向我的目光有點刺眼，不過沒差，因爲我們不是同學！就在我邊想邊邁著腳步的時候——

砰！我的頭用力地撞到了什麼。我一個踉蹌，倒退了幾步。

由於低著頭，一雙鞋映入了我的視線。既然是國中生，也應該是穿著運動鞋，但這雙鞋反而比較像是皮鞋。他的腳這麼大，應該是男生吧。

他穿著一身全黑的男生制服，與全白的女生制服不同。我緩緩地將視線往上移，對上他的臉的瞬間——媽呀，我不禁目瞪口呆。

其實我並不怎麼在意別人的長相。就算是看到長得很帥的明星，也不曾被帥到說不出話來過。除了潘如翎之外，這是我第二次因爲別人的長相而驚豔到呆住。

我片刻後才回過神來，並急急忙忙地向後退。

爲、爲什麼一大早的，老是遇到這樣的人？光是今天，我就看到了兩次這輩子從未看過的絕世美貌。

他的頭髮和潘如翎一樣烏黑，在陽光的照射下，髮尾呈現靛藍色。韓國人的頭髮在反射下一般會變成咖啡色；但潘如翎是紫色，而他是靛藍色，兩個人都是不常見的顏色。這男孩是少數適合深藍髮色的人，皮膚晶瑩剔透，略顯蒼白。

他銳利的眼眸直盯著我，瞳孔……看到他的瞳孔時，我倒吸了一口氣。

是藍色的——不是深藍色，而是在大海裡，或是珠寶中常見的明亮的藍色。他的鼻梁格外挺翹，我第一次見識到什麼叫做伸手摸了會被劃傷的鼻梁。

這個少年給人一種穩重、俐落的感覺。看著他，我腦海中浮現以油畫顏料畫出來的靜物畫，或是以墨汁繪成的水墨畫。然而他卻皺起眉頭，我嚇了一跳，開口說道。

「啊，抱歉，不，對不起。」

「沒關係。」

他簡短地回應道。嗓音就像外表一樣淡漠，但是我並不覺得反感。

看來他本來就話少。他回頭看了我一眼，便閃身消失在我的視線裡。

在他轉身之前，我清楚地看見他黑色外套上反光的名牌——劉天英。這名字有點中性，但是蠻適合他的。

我慌張地搓了搓臉蛋，話說回來，他真的好帥喔。潘如翎可是女生，但剛剛那個叫劉天英的人，不但是男生，身高又高。明明是國中生，竟然已經超過了一七五公分，撞到他的那一剎那，我們的視線高度就已經天差地遠了。

我第一次看到這麼帥的男生，內心的小鹿亂撞。我懷抱著有些悸動的心，瞥了一眼他的背影。然而這時，七嘴八舌的交談聲傳來。

「欸，妳剛剛有看到嗎？那個女的撞到他了！」

「哇，天吶，她是不是故意的啊?!」

「喂，妳過來！」

什、什麼？我看向前方。說著這些話的人，是和我穿著同樣制服的女學生。看她們的長相，好像有不少二、三年級的。呃，我感到荒謬地張著嘴。這是什麼小說劇情啊？不過就是撞到了同學，有必要瞪我嗎？更離譜的是，找我碴的女學生不只一兩個，而是足足超過二十人。

在我抓緊背包背帶的同時，這場騷動以飛快的速度擴散了開來。露出銳利眼神的女學生走向我並說道。

「喂，想不想知道覬覦他的下場是什麼？」

我是沒想過撞到別人還要賠掉自己的人生，但現在看來也許有這個可能……？

仔細想了想，這個場面好熟悉，之前看網路小說的時候好像很常見。呃，就是女主角上學第一天撞到帥哥，結果發現那個人是全校最知名的風雲人物，而她的苦難便從那一刻開始！

一想到這裡，我差點笑出聲來，因為現在的情況跟那個劇情簡直百分之百吻合。但這又不是小說，而且我也不是女主角，重點是我有常識，跟女主角不一樣。

我抓緊背帶，全速衝向公車站。我跟女主角不同，不只有常識，還懂得自救！還是先去大潭國中，再想想接下來該怎麼做吧！我不顧那些逐漸遠去的尖叫與怒吼，使出渾身解數，溜之大吉。

跑到快缺氧的我，已經把早上遇見美麗可愛的潘如翎一事拋諸腦後。離開學校時撞到的那個叫劉天英的帥哥，也漸漸被我淡忘。

很好！我站在公車站前大口喘氣，也許是跑得太急了，頭昏腦脹的。我以手扶額，皺著眉頭看向公車路線圖。

附近的國中幾乎都在站牌上，現在這一站的名字也是「至尊國中站」。奇怪，我在這一帶住了快十四年，從來都沒看過這一站啊？雖然腦海瞬間閃過這個想法，但那又如何？還是趕快找找我的學校吧。嗯，找到一半，我突然開始擔心起至尊國中的學生。

他們以後該如何是好？要是升上高中，老師這樣問的話……

「你是哪個國中的？」

「至、至尊國中。」

「噗、噗哧！至、至、至……尊！他說他是至尊國中的耶！」

感覺只要報出校名，就會丟臉得要死，說不定他們會想把這個校名從人生裡抹除。

想著想著，我搖了搖腦袋。關我什麼事？反正我又不讀那間學校！

接著我又繼續端詳公車路線圖，可是上頭卻沒有「大潭國中」這個站名。奇怪？我蹙著眉，向後退了一步，然後望向周遭。

四周異常地安靜，並排的行道樹以綠蔭籠罩著大街。我從口袋裡掏出手機，看了眼時間。

九點，如果是一般學生，一定早就在學校了。這條沒有學生也沒有上班族的街道分外冷清。好久沒看到這麼安靜的街道了，我看著這條街，沉浸在莫名的感傷之中，接著又無力地轉身。

『還是去人多的路口問問看大潭國中在哪裡好了。』我一邊想著一邊把包包背好，耳邊頓時迴盪起潘如翎急迫的吶喊。

「這附近沒有那所國中啊！」

怎麼可能沒有?!一個月前明明還在啊，我甚至還去那裡考了分班考。我們學校只是棟平凡的建築，沒那麼氣派。再怎麼說，我也不可能搞錯自己國中的校名吧。

如果要說一個讓我在意的點，那就是在我的印象裡，「大潭國中」的所在地變成了那個聽都沒聽過的「至尊國中」。

哎呀，我搔了搔後腦勺，雖然有點不安，但應該不可能吧?不可能啦!

我安慰著自己，同時腳步沉重地再次走回至尊國中，當我走到寂靜的轉角處時，有輛車滑行之後停在了人行道旁。明明街上很冷清，但那輛車行駛時，卻沒有半點引擎聲。

我不經意地轉頭，在發現那是我這輩子沒看過幾次的黑色豪華禮車後，忍不住大吃一驚。

車窗上的隔熱紙黑到看不出裡頭載著誰，正當我想著『這車窗會降下來嗎』，便有個戴著墨鏡的男子突然出現在降下的車窗後。

我沒想到他叫住了我，他的嗓音聽起來客氣又溫柔，是一種從事服務業相關人員會有的特殊語氣。

「妳好，請問妳是至尊國中的學生嗎？」

「呃，什麼？」

我慌張地反問，原本想馬上否認的，但是他彷彿已經從我的制服得出了答案，他對我說道。

「啊，那可以麻煩妳帶路嗎？我們家少爺是第一次自己上學。」

「誰說我是第一次了？而且還有宙仁在啊。」

後座傳來的果決嗓音打斷了男子的話。雖然聲音不大，但我聽得清清楚楚。並不是因爲我聽力好，而是他的聲音令人印象深刻。

既然是第一次上學，那應該跟我同年紀，也是讀國一吧？但他的聲音卻低沉冷漠，光聽他的口氣，說是大人我也信。

他旁邊傳來了調皮的笑聲，那個人開朗地附和。

「對啊，大叔，還有我在呀。你放心啦，我會照顧好智皓的。」

「我才不用你照顧。」

冷淡的聲音再次響起。我還來不及做心理準備，車門就打開了，一雙被制服褲包覆的長腿伸了出來，冷漠嗓音的主人終於現身了。陽光灑在他的頭髮上，看見他容貌的我頓時驚呆了。

而最讓我驚訝的是——他擁有一頭讓人聯想到北極狐毛的銀白髮。天啊，一個韓國人竟然有一頭銀髮？光是這點就快讓我昏厥了。

我一開始還以爲他是染了髮色，但他濃密纖長的睫毛同樣也是銀色的。不管是睫毛還是眉毛都無法染色，所以他的髮色一定是天生的。

有稜有角的輪廓線條讓他看起來氣宇非凡，白淨的膚色則和他的髮色十分相襯。更離譜的是他的長相。高聳的鼻梁、緊閉的雙唇，帥度不輸早上遇到的劉天英，不對，甚至比劉天英還帥。

這裡明明是隨處可見的首爾路口，卻在他下車的那一刻，周遭突然化作會出現在雜誌上的國外街道。

在我失神地盯著他時，從他背後跳出了一個身影。

不同於前面沉穩的男生，隨後下車的男生看起來非常活潑。他的頭髮是接近焦糖色的黃褐色，雙眼在陽光折射下看起來金光閃閃。小小的臉龐，彷彿能用護照或相機整個遮住。

他有著單眼皮的大眼睛和水汪汪的眼珠，讓人不禁想起小狗狗。彎彎的笑眼與上揚的嘴唇勾勒出漂亮的弧度，有著與生俱來的開朗性格。

他們倆站在一起就好像天使與精靈，總之看起來都不太現實。

銀髮的男生不發一語地看著我，彷彿有什麼不滿似的皺著銀白眉頭，而凝視著我的眼眸深沉黝黑。突如其來的對峙讓我啞口無言，此時，黃褐色頭髮的男生轉身說道。

「那就再見囉！晚點見。」

「好的，路上小心！」

男子回應之後，原本降下的車窗緩緩升起。接著車子便如同剛剛駛來時那般靜靜地駛離。看著逐漸消失在馬路上的豪華禮車，我突然覺得這一切都像是場騙局。

我默默地將手放在眉上遮擋陽光，一邊冷靜思考。該不會是在錄整人節目吧？不但制服被掉換，在家附近還有個從未見過的國中，難怪早上遇見的每個人，都有著我這輩子未曾見過的亮眼外貌。我看八成就是整人節目，出現的那些人一定全都是藝人。

正當我這麼想的時候，黃褐色頭髮的男生轉頭看向我，他的臉上仍掛著笑容。我才剛想說他笑起來真好看，他就走向我並伸出了手，把我嚇了一跳。

我一伸出手，他便一把抓住我的手大力地上下搖晃，『呃呃，他幹嘛？』他對糊里糊塗又不知所措的我開口說道。

「嗨，我叫*禹宙仁！妳也是至尊國中的，對吧？」

「呃，嗯。」

「哇，妳好！妳怎麼不去學校，還待在路上啊？是迷路了嗎？」

「呃，沒有……」

「是喔？那我們一起走吧。」

禹宙仁說完，便笑著放開了我的手。他並沒有使力，可不知爲何，我被他握過的那隻手又熱又麻。

我嚇得揉揉自己的手，同時看向他的笑臉。他的臉龐透著一股小學剛畢業的稚氣。

而另一邊……

我瞟了一眼銀髮男。他彷彿早已對我失去興趣，正一臉冷淡地看著禹宙仁。禹宙仁微微一笑，拍了拍他。

「他叫殷智皓，啊，妳叫……咸小丹？」

「啊，嗯。」

我含糊地回應，並在心中反覆咀嚼他的名字。殷智皓，名字比想像中的還要平凡，雖然有點失望，不過同時也放心了。還以爲他會叫殷飛月之類的，但要是如此，我應該會感到不好意思。我心裡一邊想著，一邊再次將目光轉向殷智皓的那一刻，那雙漆黑的眼眸也正在看我。

他應該是有話要跟我說吧？但他反而拍了禹宙仁一下，然後說道。

「走吧，我們已經遲到了。」

「啊，眞的耶。小丹，妳也一起走吧。」

禹宙仁笑咪咪地對我比了個手勢，而殷智皓早已自顧自地大步走在前頭。我就像被迷惑似的，差點跟著他們邁開腳步之時，猛然想起一個重要的事實。

『不對，我現在是要找大潭國中啊！』我慌張地開口，不知道是不是因爲感到緊張，我的聲音微微發抖。

「抱歉，那個，其實我不是這裡的學生。」

「什麼？」

禹宙仁驚訝地瞪大雙眼，走在前方的殷智皓也頓時停下腳步，轉頭看著我，氣氛突然凝結。禹宙仁困惑地指著我。

「可是妳的制服……」

「應該是我媽搞錯學校了，才會買錯制服。」

「那妳是哪間學校的？」

對我提問的人是殷智皓。看他一臉厭世，我還以爲他不會跟我搭話，可卻不是如此。我嚇了一跳，馬上回答。

◎禹宙仁：原文爲「우주인」，意指「太空人」。

「你們知道大潭國中嗎？就在這附近，可是我今天怎麼找都找不到。」

「大潭國中？」

他反問的口氣彷彿不曾聽過這所學校。

殷智皓轉頭看向禹宙仁，而禹宙仁聳聳肩，並說。

「沒聽過耶，雖然我不是住這個社區的……」

「既然你沒印象，那會不會根本不在首爾？」

「呃，這個嘛……」

根本不在首爾？太極端了吧。我皺著眉頭，殷智皓又拍了拍禹宙仁，看著我說道。

「連他都沒聽過的話，應該是眞的不在首爾。妳確定是這個校名嗎？」

「嗯……是大潭國中沒錯啊……」

我蹙眉回應，他們倆卻面有難色。殷智皓煩悶地撥了撥頭髮，我愣愣地盯著他，心裡忍不住想，『看第一印象還以爲他根本不會理我，沒想到還滿親切的嘛。』這時，殷智皓忽然從口袋裡拿出手機，是我沒看過的機型，不過感覺貴到爆、高級到爆。

他撥出了某個號碼。

「喂，大叔，你有聽過大潭國中這間學校嗎？」

在我默默盯著他看的時候，他突然就講起了電話。

「哦，沒有啊……對，宙仁也是第一次聽說。好，再見。」

接著他「喀」的一聲闔上手機，看著我說道。

「大叔說首爾沒有這間學校。」

「什麼？」

「啊，說不定妳媽沒有買錯制服啊！我們去學校確認一下新生名單吧，反正就在前面嘛。確認完再來找找大潭國中在哪！」

禹宙仁開口說道。呃，嗯嗯，對對對……沒錯、沒錯。他說的太有道理了，讓我頓時不知該說些什麼。

於是，我就這樣，跟這輩子第一次見到的大帥哥肩並肩，穿著這輩子第一次穿上的制服，前往這輩子第一次聽說過的學校。

★

雖然光看外觀就能猜想到，但果不其然，這個至……尊……至尊國中的建築物還真氣派。這所學校唯一的汙點應該就是校名吧。

不但沒有其他學校常見的牆壁塗鴉，在地價昂貴的首爾，操場甚至大到走了五分鐘都看不見盡頭。

我們好不容易走到一棟純白色大樓前，它乾淨到就像昨天才蓋好似的，裝潢時尚又現代。

踏進陽光灑落的大門，經過走廊，走上樓梯，抵達二樓的時候，出現了寫著「1-1」的班級牌。禹宙仁對我問道。

「我們是一年四班，妳知道妳是幾班嗎？」

「不知道。」

「那去教務處看看吧。」

禹宙仁說完，便充滿活力地往教務處走去，而殷智皓也沒有面露不耐，雙手插口袋地邁開步伐。

我在內心感激他們。如果只有我一個人，一定連進教務處確認新生名單都不敢，又再次離開這間學校。

不出所料，學校的整體氛圍非常俐落。教務處位於走廊的中間，經過其他班級時卻沒有剛開學應該要有的躁動聲。光是看制服和各種設施，就能知道這間學校一定是間名門國中。

突然想到這件事，我不禁提問。

「這間國中是私立國中嗎？」

「妳不知道嗎？」

禹宙仁反而驚訝地問我。『啊，原來如此，我就知道。』我再次閉上嘴。

我們敲了敲教務處的門，推開門便看見教務處的陳設。浸淫在金黃陽光中的教務處，設備果然高級，不管是螢幕還是電腦都是最新型的。

有個看起來像老師的人對我們問道。

「怎麼了？」

「啊，她不知道她是幾班的，可以讓我們看一下新生名單嗎？」

禹宙仁指了指我，他的嗓音親切有禮，老師聽了馬上就將名單遞給我們。我們站在原地一一查看人名。一班，沒有；二班，也沒有。接著，禹宙仁開口了。

「啊，有耶，一年四班。」

「什麼？」

「在這裡。」

禹宙仁把名單推向我。眞的欸，一年四班有我的名字！我是「ㄒ*」開頭的，所以在最後面。然後我慢慢地瀏覽著前面的名單。

第一個映入眼簾的是「潘如翎」三個字。潘如翎也是這班的？我驚訝地張大嘴巴。而殷智皓和禹宙仁如他們所說，也是一年四班的。接著，我的視線停在「劉天英」三個字上頭。劉天英就是早上被我撞到的那個男生。他的名字並不常見。我皺著眉頭將名單還回去。

感覺好像哪裡怪怪的。不對，跟這些人同班其實也沒必要大驚小怪，只是……

我偷偷看向站在我旁邊的殷智皓與禹宙仁。殷智皓銀髮下的深邃眼眸正在認眞掃視著名單。而禹宙仁淡淡的髮色雖然不比殷智皓，但是也很高調。

◎註：咸小丹的韓文爲함단이，開頭子音爲ㅎ，依韓文字母順序排列在最後。

怎麼會這樣？今天我在這間學校遇到的顯眼的人似乎都聚集在一年四班，就像是有人刻意安排的一樣。哎呀，偶像劇或小說常見的劇情不就是帥哥都在同一個班級嗎？

但我拚命否決這個想法。

『一定是我今天看太多帥哥，才會搞不清楚現實與虛假。』我抬起頭，老師便開口。

「啊，你們都是四班的嗎？班長在這，恩亨，你們一起回班上吧。」

「什麼？」

這時，站在一旁的男生轉身看向這裡。

在燦爛的陽光下，他的一頭紅髮顯得格外明亮，那是高級紅酒的色澤，總之非常顯眼。更誇張的是，不同於殷智皓深邃的黑色眼眸，他的瞳孔是閃著綠光的灰色，筆直的鼻梁、溫和的眼神，嘴唇漾著溫柔的笑容。

『長得確實很帥，但他到底是韓國人還是外國人啊？』我心想，而他說道。

「啊，你們也是一年四班的嗎？」

掛在他胸前的名牌一閃一閃的，他叫權恩亨。在看到他的瞬間，我的腦海中響起了鎖頭齒輪吻合的喀嚓聲。

現在的我也難以形容那種感覺，彷彿所有拼圖碎片都聚集起來了。尤其看到殷智皓與禹宙仁走向權恩亨的當下，感覺更加強烈了。

現在想想，當時的我應該早已有預感。

那一刻，我的直覺告訴我，潘如翎、劉天英，還有殷智皓和禹宙仁，最後加上權恩亨。我和這五個人在某種命運的捉弄之下，將會緊緊糾纏。

我就知道，我的第六感還眞準。

好不容易進到一年四班的教室，我已經筋疲力竭。坐在椅子上，我雙腿發抖地看著黑板。

一年四班的班導看起來非常年輕，他拿著粉筆在黑板上寫字，嘴裡念念有詞，但其實班上沒有半個人在聽。老師可能也知道沒人理他，露出了一臉沉痛。我轉頭望向某處。

從剛剛就覺得臉有點刺痛，果不其然，坐在我斜後方的潘如翎緊盯著我。她視線熾熱，黑色眸子彷彿蒙上了一層水霧。

『不要這樣看我，我跟妳今天才第一次見面而已啊。』我尷尬地把頭撇開。

其實我一轉頭就看到潘如翎，是因爲她是唯一一個在看我的人。

因爲呢，這間教室的男生全都盯著潘如翎，而女生則是……我跟著把頭轉過去。

教室內廣闊的玻璃窗與我之前國小的窄窗根本無法相比，陽光從窗戶灑了進來，男孩們沐浴在光線之中，一雙長腿跨在椅子上，懶洋洋地坐著，雖然這樣說很搞笑，但眞的就像雜誌封面一樣。

『別人一定會想說，只是坐著怎麼可能會像雜誌封面？而且我說的那些人也才國一而已啊！』可是那些人真的很耀眼，彷彿只有他們是老天精心打造的。

我托腮想著，誰說上天是公平的？狗屁。

他們四個就像早已熟悉眾人目光似的，一點感到彆扭的感覺都沒有。早上被我撞到的那個少年──劉天英，他手撐著下巴，一雙藍色的眼眸凝視著黑板。紅髮的權恩亨在他旁邊依舊溫柔地微笑著。他們偶爾會交談，兩人之間的氣氛這麼融洽，一定是認識很久了。

而殷智皓和禹宙仁也一樣，禹宙仁和他話講到一半，褐色眸子突然淘氣地打量起四周，向每個和他對到眼的人露出燦爛的笑容，光是這個舉動，就讓大家驚呼連連。不對，不只是驚呼……

「我的心臟……」

「啊，融化了……」

半徑五公尺內的所有女生都捧著心，差點就要昏倒在桌子前。老實說，如果是我，應該也會像她們一樣，前提是沒有發生早上那些怪事。

這輩子第一次看到的漂亮女生突然說我是她朋友，然後制服又莫名其妙被換掉，不僅如此，原本的學校還消失了，變成從沒看過的學校。這可是我住了十三年的社區耶！

要是沒發生這些事，我也會覺得和這些帥哥美女同班簡直是天上掉下來的禮物，心想『大飽眼福囉』，開開心心地看待這件事，但現在我只覺得怪怪的。

沒錯，他們怪怪的。除了前面提過的瞳孔顏色、髮色，就連外貌也像是老天特別用心打造的之外，他們還有一種特殊氣息，感覺這些人周遭的空氣散發著七彩的顏色。

如果這是部偶像劇，或是小說，那主角一定就是他們，這世界的一切彷彿都是爲了他們而生。

世界竟然是圍繞著某人打轉的？雖然聽起來很離譜，但只要看到他們四個，一定沒人能反駁我。不對，不是四個，我又再次轉頭看向斜對角的位置。潘如翎此刻還是用淡漠的眼神緊盯著我不放。

假使這個世界有所謂的主角，那加上潘如翎，就是五個人了。

這個班級的氧氣，好像都被他們五個吸了進去。

察覺到不對勁的我，腦袋隱隱作痛。我扶著額頭，這時手機突然振動。我打開口袋拿出手機。有人傳訊息給我。

一看到手機螢幕上顯示「潘如翎」三個字，我的心臟就猶如被人緊緊掐住，震驚地狂跳。我的手機竟然在我不知情的時候，存著潘如翎的手機號碼。就像今早制服莫名其妙被某人換掉一樣。

過了一會兒，我打開了手機。

寄件人：潘如翎

妳不舒服嗎？怎麼一早就怪怪的

我沒回覆，只是把手機收起來。也許是這個舉動傷害到了潘如翎，本來盯著我的她撇頭不再看我。

老師出了教室，距離放學也只剩兩小時。剛開學的教室裡，大家應該會心浮氣躁地和隔壁桌的同學談天說地才對，但是好一陣子卻都沒人開口。

我瞄了隔壁同學一眼。

果然，坐在我隔壁的陌生男同學一臉著迷地看著潘如翎。在這種氛圍下，想交到朋友應該很難。下一刻，男同學轉頭看我，不好意思地笑了笑，接著對我說出了第一句話。

「她是潘如翎嗎？真的好美喔，好不像真人。」

「嗯，就是說啊。」

我聳了聳肩，勉勉強強擠出這句話。也許是我的附和讓他感到開心，他開始有一搭沒一搭地跟我聊天。聊著聊著，坐前座的男同學也加入話題。

「欸，對吧？她超漂亮的。」

「是不是比藝人還漂亮啊？」

坐在後面的某人也參了一腳，整個對話頓時變成在歌頌潘如翎。『這是怎樣？』我心想，『至少要先自我介紹一下再聊吧？怎麼只顧著講潘如翎的事啊？』

但不只他們，其他同學的對話也是如此。我抬頭一看，發現女同學們聚集在某個座位。

「我知道劉天英！他叔叔是知名攝影師，所以他偶爾會上雜誌。」

「眞的好帥喔，可是看起來有點冷漠耶，他個性怎麼樣？」

「他話很少！尤其都不跟女生說話。」

「什麼？太可惜了，那那邊那個銀色頭髮的是誰？」

說這句話的同時，那個女生指的不是別人，正是殷智皓。我撐著下巴看著她們，和其中一人對到了眼，她朝我揮了揮手。『咦？』我放下手，不知道該如何是好，這時，另一個女生向我搭話。

「啊，妳剛剛是不是和他們三個一起進教室？」

「嗯、嗯，對啊。」

「妳有跟他們三個說過話嗎？」

她們一邊說著，有個女生挪了個位子給我，我就這樣糊里糊塗地和她們坐在了一起。我瞟了一眼自己剛剛坐著的位子，那邊的男生熱烈地討論著潘如翎，沒空顧及周遭。我笑了笑，開口回答。

「啊，因爲我遲到，所以我們才一起進來啦，我不認識他們。」

「哦，是喔？眞可惜。」

「我知道那個銀髮的男生是誰，他叫殷智皓，跟我是同間學校畢業的。」

好險有其他女生接了話，衆人的視線馬上聚焦在她身上。有人焦急地問道。

「哦？真的嗎？他個性怎麼樣？」

「他以前都搭豪華禮車上學，超猛的。我聽說他是某個大集團的獨生子，所以養尊處優。雖然只是聽說，但銀髮的人應該不常見吧！」

「嚇，太狂了吧，又帥又有錢。」

「不只如此，他還是全校第一名。」

「哇，真的嗎？天啊，太強了。」

我在一旁雙手抱胸，也默默地點頭贊同。哇，沒想到他不但長得像偶像劇男主角，連其他方面也這麼完美。有長相有家世，成績又好，那不就是偶像劇男主角本人嗎？

女同學開心地說道。

「他旁邊那個長得很可愛的人叫禹宙仁，他們應該從小就是朋友了，要跟禹宙仁變熟還滿容易的，他個性很好，而且很可愛。」

「哇，太棒了。」

隔壁的兩個女孩雀躍地抓著彼此的手。也對，我點點頭。

不出我所料，禹宙仁的個性確實不錯。從初次見面他就握住我的手，可以看出他並不排斥肢體接觸，甚至讓人懷疑他是不是從國外回來的。

又有人開口。

「恩亨的個性好像真的很好耶，剛才跟他同間學校畢業的人全都把票投給他，他才會當上班長。」

恩亨？我想起在教務處初次見到他的樣子。在白色陽光照映下，他的一頭紅髮顯得格外鮮明，確實是讓人印象深刻的顏色，而他的眼珠是泛綠的灰色。

光看他鮮紅的髮色，感覺不是個好相處的人，但他的笑容和藹、語氣親切。接著，我得到了解答。

「嗯，他眞的是模範生，老師們都很愛他，而且他也很受班上同學歡迎。不是有那種十項全能的人嗎？恩亨就是，而且人又好。」

「哇，太帥了……」

「好想跟他交往喔。」

幾個女孩陶醉地看向他。權恩亨轉頭和坐在他身後的禹宙仁、殷智皓說話。神奇的是，他們很快地聊開了。『是因爲這些人都擁有完美的人生，所以個性才這麼合得來嗎？』我下意識地這麼想。

而下一刻，某人的聲音就像一道閃電，擊中我的耳膜。

「妳們不覺得，他們很適合『四大天王』這個稱號嗎？」

噗！我不自覺地嚇得低頭咳了幾聲，差點就要吐了。好險沒在吃東西，要是我正在喝可樂的話，一定會噴滿地。我止住咳嗽，訝異地抬眼看向前方。

提出「四大天王」的女生突然瞪大雙眼看著我，彷彿看見了什麼奇怪的東西。不對，我擦了擦嘴角，心裡這麼想。

『四大天王？開什麼玩笑啊？什麼四大天王？這不是我昨天看的網路小說出現的字眼嗎？要是眞的稱呼他們爲四大天王，我們日常生活的對話就會變成這樣……』

「妳看那邊，四大天王的劉天英來上學了！」

「天吶，好帥！媽呀，妳看，四大天王的殷智皓也在耶！」

「竟然有兩個四大天王的成員走在一起！」

如果每天都要聽這種對話，我一定會瘋掉！

我正打算問她「妳是認眞的嗎」，要不是有人開口回答——

「咦，這點子不錯耶！四大天王，念起來也很順口！」

「……？」

我感覺自己掉進了愛麗絲的夢遊仙境，睜大眼睛看向隔壁。

『妳瘋了嗎？哪裡順口啊？』雪上加霜的是，有人抓住了她的手，振奮地大喊「眞是太棒了」。

接著，「四大天王」這個詞便開始迅速擴散。

才沒幾分鐘，班上的女生全都看著那四個男孩，嘟囔著「四大天王」。我的媽呀，我一臉蒼白地握緊雙拳。

『這、這太瞎了吧！我要馬上離開這間教室。』我不禁這麼想。看來大家都瘋了，除了我以外。

但下一秒發生了更令人驚訝的事，表情傲慢又痞痞地坐著的殷智皓，突然看向我們這邊。然後他站起身，大步地走向教室中間。

隨著殷智皓一步一步靠近，坐在那邊的女同學們都露出了一副心臟快要跳出來的表情，而男同學們也一樣。

長得這麼華麗的男生，理直氣壯地橫跨教室中央，怎麼可能不引人注目？

正當大家都注視著殷智皓的時候，他開口說道。

「潘如翎是誰？」

早上已經聽過的那道低沉冷靜的嗓音，讓人難以相信他才國一。他問完，便用冷冽漆黑的眸子環顧教室。

他說的潘如翎……是住我隔壁的那個長得漂亮，連名字也像小說女主角一樣秀麗的女生嗎？

我這麼想的同時，她就舉手了。

「是我。」

「妳就是那個第一名考進來的？」

「嗯，有事嗎？」

潘如翎開口，眼神冷淡地直視前方。沒想到早上面對我時態度溫和的她，會露出這種眼神。

我茫然地看著她，一轉頭就看見其他女生咬著手指憤恨地盯著她。雖然聽不太清楚，但她們好像喃喃自語地說著什麼。

我傾耳一聽。

「放肆的女人，竟然敢對四大天王的殷智皓大人無禮！」

「……」

早知道就不聽了。我回過頭，視線再次看向氣氛仍然緊繃的潘如翎與殷智皓。

他們倆直視對方的眼神彷彿下一秒就要濺出火花。由於視線過於火熱，以旁觀者的角度來說，甚至會忍不住懷疑他們會不會愛上彼此？

他們固執地誰都不肯先開口。然而，率先打破沉默的是殷智皓。他噗哧一笑，眞的有「噗哧」一聲。

「眞有趣，走著瞧吧，下次考試我就不會讓妳了。」

「是嗎？你確定你有讓我？」

「到時候就知道了。」

語畢，殷智皓揮揮手，帥氣地轉身。看著他的背影，我忍不住心想。

『啊，我要收回早上以爲他只是髮色奇怪而已，人很正常的想法，收回。』

看著逐漸遠去的銀髮身影，突然有個褐色頭髮的人跳到潘如翎身邊，抓住了她的手。潘如翎嚇了一跳，轉頭發現有個少年對她露出了燦爛的笑容。

我知道那是誰——是禹宙仁。就是那個平易近人、長相可愛，好像是殷智皓朋友的男生。

禹宙仁笑著對潘如翎說。

「妳是第一個敢這樣對智皓說話的女生耶。」

「智皓？」

潘如翎一臉困惑地反問他。即使班上的女同學都把四大天王掛在嘴上，但是潘如翎卻彷彿聽都沒聽過「殷智皓」這個名字。然而，禹宙仁面不改色地點了點頭，並親切地向她解釋。

「對，智皓！剛剛那個人叫殷智皓。我是禹宙仁，從小就是智皓的朋友。」

於是，他們開始東聊西聊，似乎一下就親近了起來。我一轉頭，發現女同學們都面露凶光地盯著潘如翎。

兩人聊到一半，禹宙仁又露出大大的笑容，用一句話結束了話題。

「妳是第一個贏過智皓的人！」

我又再次體認到，事情一定有哪裡不對勁。

搞什麼？這也太像連續劇裡會出現的臺詞了吧？這眞的是連續劇嗎？還是現在是在拍整人節目？

我猛然回頭，發現四大天王的另外兩人——權恩亨和劉天英饒富興味地看著這裡。

劉天英的表情雖然依舊冷淡，但那雙看向潘如翎的藍色眼眸，好像帶著些微不同的興致，而權恩亨只是笑笑地望著她。

即使我看著他們，不對，是除了潘如翎以外的女生，幾乎都在看他們，他們的視線仍然集中在潘如翎身上。該怎麼說呢？感覺就像在看編好的戲劇。

正好鐘聲響起，和班導打完招呼後，已經背好書包的幾個同學便飛快地奔出教室。而包含殷智皓和禹宙仁在內的四大天王，則是慢悠悠地整理著書包。我望向劉天英垂下的深藍睫毛，卻突然感覺背後有人靠近，便轉過身去。

是潘如翎。午後的陽光歪歪斜斜地照在她身上，她懇切地將雙手合攏放在胸前，並看著我。

「怎、怎麼了？」

我慌慌張張地脫口問道。班上有些同學正興致勃勃地看著我們，因爲我和潘如翎今天根本不曾說過話，也沒有坐在一起過。

潘如翎輕輕嘆了口氣，下一刻就泰然自若地抓起我的手並說。

「小丹，我們回家吧。」

「哦……」

我還來不及多說什麼，她便牽住了我。她的動作一氣呵成，而我原本想叫她放手，卻見她皺著臉，快哭出來的樣子，還看見她緊咬到泛白的雙唇。

我不自覺地想起她早上說的那句話——

「知道了，我知道妳想說什麼，但我們還是先去學校吧。」

「……」

雖然不知道是怎麼回事，但我覺得現在我和潘如翎會吵架，都是因爲之前我們兩人之間發生過什麼事。潘如翎抓著我的手微微顫抖，可以感覺得出她對我非常依賴。

和潘如翎手牽著手，默默地往走廊邁開腳步時，我忽然感覺到幾股視線，一回頭便發現，四大天王顏色各異的瞳孔正看著我們。

穿越操場的時候，潘如翎一句話也沒說。直到回到家，她才放開我的手，開口說道。

「小丹，明天見。」

說出這句話的她以十分懇切的眼神看著我。唉，眞是的，我根本搞不懂自己怎麼會陷入這種境地，但是潘如翎這樣看我，我也不能不回覆她。『她是不是知道自己很漂亮？』

我忍不住這麼想。

最後我抓了抓頭髮，還是回應她。

「呃……好，明天見。」

潘如翎燦爛地笑了，接著按下隔壁大門的電子鎖，就連走進家門的那一刻都還是笑咪咪的。目送她回家之後，我也進了家門。

家裡和我早上看到的一樣，被寂靜包圍著。我抬頭確認時間——十二點，距離爸媽下班的時間還早得很。

我回房卸下書包後，深深地嘆了口氣，並穿著制服直接躺到床上。我根本不想照鏡子。除了外套，甚至連裙子都是白色的，我竟然穿著這種制服，看起來一定很像民俗演員。

我躺了好一陣子，猛然想起昨晚丟在床邊的小說。

我把手往上伸到枕邊不斷摸索，指尖終於勾到了一個東西，我將它拿過來，兩眼疲倦地翻開。

這是我昨天睡不著時隨手拿出來看的網路小說。我滿臉睏意地看了看印在封底的宣傳文案。

我在學校摔了一跤，不小心和一個陌生男孩親吻了！嚇！沒想到奪走我初吻的他，是我們學校的四大天王？

「……」

老實說，這是長大了就不會想碰的那種書，畢竟看過文案就能知道書本內容。

女主角長相漂亮、成績優秀，而且個性又好，但覺得自己很平凡，男主角則是每天只顧著蹺課打架，功課卻很好的帥氣財閥獨生子，兩人擦出火花的羅曼史！

常見的男女主角設定、常見的劇情走向，不過如果將這些套用到現實生活中的話，一定會引起軒然大波。

男主角身爲正統韓國人，卻擁有一頭銀髮；即便沒有駕照，摩托車卻騎得嚇嚇叫。那麼女主角呢？也是正統韓國人，卻留著一頭紅髮。更驚人的是這部小說裡的四大天王，四大天王的髮色分別爲銀色、藍黑色、褐色、酒紅色！你們不是土生土長的韓國人嗎？我想著想著覺得太搞笑了，躺在床上乾咳了幾聲。

躺著笑了好一會兒，肚子不禁發痛。我在床上看著天花板開心沒幾分鐘，突然被現實擊中，陷入了無盡的憂愁。我兩眼直盯半空中，內心亂糟糟的。

這麼離譜的事，如今卻變成了現實。班上的男同學有著五顏六色的頭髮，而且還有藍眼珠的男生。令人難以置信的是，也有銀髮的男生。然後班上的女同學們還稱呼他們爲「四大天王」……

沒有人對他們的髮色、瞳孔色，還有「四大天王」這個稱號感到困惑。這怎麼可能？

我躺了許久之後，突然起身坐到電腦前。我打開電源，等畫面一亮便馬上點擊網頁。

搜尋「大潭國中」。

頁面顯示查無結果，而下面是數十筆含有「大膽」、「膽大」的文章。我疲乏地盯著螢幕，一手扶著刺痛的額頭，另一手打出其他單字——網路小說。然而下一刻，我不禁懷疑我的雙眼。

通常搜尋「網路小說」的話，會顯示數十筆結果，現在竟然全都消失了。為、為什麼？小說怎麼會在一夕之間消失？我感到毛骨悚然。

難以置信的我，茫然地看著白色視窗，腦海中突然浮現這種想法，『經歷了國中學校整棟消失、憑空多出一個沒看過的朋友之後，搜尋不到小說有什麼好大驚小怪的？』我扶著額頭，又再度敲擊鍵盤……

四大天王。

這次搜尋有結果了，卻不是關於網路小說的內容。

——天啊……之前頌德國中的四大天王這次在我們班耶！

——大王國中的四大天王帥照！

「這究竟是……」

我錯愕到啞口無言。話都沒說完，嘴唇無聲地顫抖著，我最終還是將電腦關機了。早知道就不要看莫名其妙的書了。我的腦袋一片混亂，只能又倒回床上。

算了，管他發生什麼事，一覺醒來說不定就能恢復原樣了。那邊那套莫名其妙白得發亮的制服會變回原本的普通制服，校名叫做「至尊國中」的無趣學校也會消失在這個世界上，然後我也不用再聽到「四大天王」什麼鬼的了。

於是，我闔眼入睡，睡得又深又沉。

不知道過了幾個小時，我醒來時，窗戶間的縫隙已是一片黑暗，其中有道自廚房裡透出的明亮光線，我起身開門，看見媽媽正在煮飯的背影。

鵝黃色燈光反射在她的背上，映出圓圓的光芒，我看著媽媽，今天發生的那些事頓時恍如夢一場。

『沒錯，一切都是夢。』我一邊想著，一邊悄悄地靠近她身後。

我安靜地抱住媽媽，她看見我便開口。

「怎麼了？今天在學校發生什麼事了嗎？」

「嗯，有點事……」

「說呀，什麼事？」

她只是下意識地拋出問句，聽到我說有，便露出驚訝的表情。當我正在思考該怎麼回答的時候，才發現今天發生的「事」，實在多到難以說明。

最後我還是問了媽媽，我最好奇的問題。

「媽。」

「嗯？」

「隔壁有個之前沒見過的漂亮女生，她說我們本來就很熟，妳怎麼想？」

「隔壁？」

媽媽思考了一下，隨即開口。

「隔壁的話，妳是說如翎嗎？」

「妳也認識她？」

「當然啊！妳出生時我們就是鄰居了，妳跟如翎一直都是朋友啊！這是怎麼了？妳們吵架啦？現在是在裝不認識嗎？」

「不、不是啦……」

語畢，我便一聲不吭地抓住媽媽的衣角好一陣子。後腦勺感覺就像被重重地砸了一記。我出生時我們就是鄰居了？她跟我一直都是朋友？我怎麼完全沒印象？

我臉色發白地站著。媽媽可能是以爲我不舒服，摸了一下我的額頭後，嘴巴動了動，但我卻連她在說什麼都聽不清楚。

之後，我好不容易坐到飯桌椅子上，乖乖地吃著飯，這時，媽媽問我要不要去看醫生，但我只是安靜地搖搖頭。

我的一舉一動沒有任何異常。但是待我走進房裡、鎖上房門後，我忍不住癱躺在床上。

「太扯了。」

我只說得出這句話。躺在床上，我掀起瀏海，摸了摸額頭，心臟跳得飛快。

潘如翎跟我從小就是朋友，這件事讓我今天從早到晚所感受到的違和感來到了最高點。睡醒過後，世界還是沒有改變。

截至目前為止所發生的事全都指向一個答案，而我也只能承認，那個我拚命否認的現實——

一覺醒來，這個世界突然變得像網路小說一樣，而且眼前還出現了頭髮五顏六色的帥哥們，也就是四大天王，以及一位漂亮又優秀的女孩。

銀髮的財閥獨生子，長得帥又聰明，一切已經非常明朗了，殷智皓正是這部小說的男主角。

並且，他的命定之人，也就是女主角，則是潘如翎。若以目前我觀察到的情況來說，這些都是擺明的事實。

而我在這部小說裡的角色，似乎是女主角的隔壁鄰居。哎喲，網路小說不是都一定會有一兩個固定班底，是女主角的姐妹淘嗎？我就是其中之一。這就是我的角色，除此之外，也沒什麼特別的了。

我的國中之所以會改變、我之所以會和四大天王同班，純粹只是因為我必須和潘如翎同班，而潘如翎必須和四大天王同班，僅此而已。

『啊，可惡！』思考到一半，我突然抱緊自己的頭。

雖然不知道原因，但就因爲我被選定爲女主角的閨密，所以得在一旁看著這些人整整三年嗎？什麼「至尊國中」、「四大天王」，我之後的生活都要與這些爲伴嗎？我做錯了什麼啊！

我哀號了好久，最後搖搖晃晃地起身走向書桌。我咬開麥克筆的筆蓋，在月曆上奮筆疾書。

二〇〇七年三月二日，網路小說開始的第一天。

寫完後，我後退了一步，悲壯地看著月曆點了點頭。接著揪住頭髮，開始大吼。

「吼，可惡！太離譜了吧！搞什麼飛機啊？呃啊啊！」

「小丹，怎麼了？在學校發生什麼事了嗎?!」

「呃啊啊啊啊！」

我在原地跳來跳去，不斷地尖叫。後來媽媽準備奔出家門，說要去問隔壁的潘如翎發生什麼事，我才停止發瘋。

那天，我做了一個決定。跟潘如翎扯上關係，對我來說有什麼好處？她成績優異、長得漂亮，深受異性歡迎，甚至本人還不自知。跟她當朋友，只會滿身瘡痍吧？而且更嚴重的是那些圍繞在潘如翎身邊的男生。

除了有大企業繼承人殷智皓、看起來對潘如翎稍感興趣的禹宙仁，還有先前在教室看到的藍眼男與紅髮男，以及他們即將面對的愛情與忌妒，加上綁票懸疑事件！

我死都不想被捲入這種狂風暴雨般的命運。

逃離吧！我下定決心。

逃離潘如翎吧！

★

如今，已經過了三年。

我出神地盯著忽然在行李堆裡發現的二〇〇七年三月二日的月曆。

沒想到這個東西還在這裡，這已經是三年前的月曆了，我將它放到箱子裡，塞在書架的一角，並未丟掉。

看著積滿厚重灰塵，被我用麥克筆寫下的幾個字，我輕輕一笑，接著深深嘆了口氣。

「唉……」

是啊，當初眞天眞。還以爲自己能遠離潘如翎與四大天王，還相信自己能操縱這不同於小說的人生。

過了三年的現在，並沒有任何改變。耀眼的女主角，潘如翎仍然住在我隔壁，之後還會和我上同一所高中。

正所謂「*線跟著針走」，怎麼可能只有潘如翎呢？一定還有四大天王呀，這是理所當然的。

「……」

我輕撫三年前在月曆上認真寫下的「網路小說開始的第一天」幾個字，接著雙手扶牆，垂下頭來，再次深深地嘆氣。

沒錯，遠離網路小說的計畫失敗了。那些小說要素仍然固執地糾纏著我，我還是被那幾個男的與潘如翎圍繞著，將我的日常變成反常。沒辦法，這就是我現在的處境。

於是在莫名的難過、懊悔與憐憫交雜之下，我無法丟棄二〇〇七年的月曆。我將滿是灰塵的物品再度放回箱子，推進角落後，又吐出一口氣。此時，口袋裡的手機響了。

我掏出手機，螢幕上閃爍著「殷智皓」三個字。我點開訊息。

寄件人：殷智皓

明天不要遲到了

我不發一語地盯著螢幕。

這部小說的男主角殷智皓，真的就像預料之中的，如同小說男主角一樣，對潘如翎以外的女生都冷漠不已。

「……」

開玩笑的，跟他變熟以後才發現他就是個神經病。

我指尖飛快地輸入文字。

收件人：殷智皓

管好你自己凸凸

送出訊息後，我挺起僵住的身軀，伸了個懶腰。

是的，就這樣過了三年，我以爲絕對不會改變的事物——例如他們和我之間的關係，也改變了不少。總之，這並不是潘如翎的故事，而是我的。

國中三年，而高中也將會是女主角閨密的我，一定是這個故事的主角。

◎線跟著針走：韓國俗語，意思是「形影不離」。

網路小說的法則

My Life as an Internet Novel

第2條

學校裡有四大天王

網路小說的法則最重要的就是——描寫男女主角的外貌。男主角的話，就是高挺筆直的鼻梁、形狀好看的嘴唇，諸如此類；女主角則是小巧的臉蛋、如櫻桃般鮮紅的小嘴。

但是這些內容前面都提過了，而且也確認過潘如翎和殷智皓都符合這些條件，就直接跳過吧。

所以接下來的重點是什麼呢？聽我說，就是男主角的朋友們。

在常見的網路小說中，男主角基本上會有兩到三個朋友，而他們的個性可以這麼呈現，大致如下：

－－：被稱作冰山王子的冷淡美男。

^_^：笑容滿面的親切暖男。

>_<：撒嬌滿點的可愛男孩。

大家應該都知道了，男主角的三個好兄弟，在我和潘如翎所待的國中一年四班裡通通找得到。原因不難猜：因爲女主角必須和四大天王變成朋友！

深藍髮色、湛藍眼眸，一臉冰冷的美少年就是劉天英。只是沒想到他個性眞的這麼冷淡，幾乎不太和女生說話，就算開口，也都是簡短的回應，不愧是「－－」的角色。

負責「^_^」的是有著紅髮、深綠眼珠的權恩亨，他眞的很可靠。有多可靠呢？就是他不曾遲到過，也不曾被抓過服儀違規，更是在票選班長時，以全票當選了。我後來才知道，權恩亨讀國小時連續當了六年的班長。

最後「>_<」的角色，則是擁有一頭褐髮，身爲殷智皓好友的禹宙仁，他就像肉眼看到的那樣活潑外向。他的親和力格外突出，才剛開學不到一個月，就榮登全班同學的國民弟弟。

當時一年四班的大家認爲，包含殷智皓在內的這四人和我們同班是上天的饋贈，但我不這麼想。

因爲他們的長相，讓我的審美產生了問題。簡單來說，就是路人在我眼裡全都是醜八怪。包括潘如翎、殷智皓、劉天英、禹宙仁和權恩亨在內的這五人，正是讓周遭的人不堪入目的罪魁禍首！

我一逮到機會就偷看他們四個男生，絕對不是爲了一飽眼福。不對，也是有這個用意啦，但……

不管我看不看他們，他們好像都毫不在意。呃，說不定他們甚至沒發現我的視線，因爲當時班上的女同學們都在盯著他們。

由於權恩亨是班長，所以我有幾次和他講話的機會，但也僅止於此。

殷智皓自從那天早上上學偶遇之後，就不太和我搭話了；禹宙仁則是太受歡迎，尤其受女同學的歡迎，所以我們私底下沒什麼機會說到話。

劉天英的話，只要有女生想跟他搭話，那雙深藍色眼眸便會掃射出冷冽的寒光，所以我不敢跟他講話，而其他女生也一樣。直到學期結束，都沒有半個女同學和他說過一句以上的話，除了潘如翎以外。

在潘如翎驚人的親和力之下，沒過幾天她就和禹宙仁成爲麻吉，和殷智皓變成動不動就拌嘴的關係，和權恩亨、劉天英也成了點頭之交。

不愧是小說女主角，我不禁讚嘆。其他女同學面對他們四個都只能遠觀不能褻玩，她眞的太了不起了。

但是有個問題，潘如翎完全不肯離開我身邊。就像其他的小說劇情一樣，她唯一的女生朋友好像只有我。而在這裡，她也只剩下我。

當然，爲了擺脫她，我可是想盡了辦法！因爲不用想也知道，只要和潘如翎扯上關係，就會有接連不斷的麻煩。才看一集小說，就發生了綁架、不良少女登場、每天被摩托車載著跑、小混混現身、被賞巴掌等各種劇情。

雖然潘如翎深信我和她從出生就是朋友，以後也不會改變，可是不好意思，爲了我平靜的人生，我只能努力默默地遠離她。

然而，經過了三年的此刻，我正要和他們相親相愛地一同去畢業旅行。今天正是出發的前一晚。

「……」

事情怎麼會變成這樣？中間會不會省略太多了？我把衣服丟進包包裡，突然皺起眉頭。拜託，到底爲什麼會變成這樣？我用力壓著眉心，發出呻吟。這個嘛，也不算是有什麼關鍵的契機，畢竟羅馬不是一天造成的。

這三年就像積沙成塔，將我與潘如翎的關係轉了一圈。三年的時間比想像中還漫長，我不經意地看向掛在牆上的時鐘。

嚇，已經十二點了！完蛋，明天還要搭清晨五點四十分的首班車出發耶！

我嚇得又把包包拿了起來，此時玄關傳來了門鈴聲。『爸媽在客廳，他們會開門吧？』我剛這麼想，就有個聲音說道。

「小丹！」

「怎麼了？」

「去開門！」

「媽，妳不是在客廳嗎？」

我喊完這句話不久，媽媽的回應讓我默默地皺眉。

「我在看連續劇，啊，鄭恩智哭了，我走不開！」

可惡的連續劇，眞是的。我眉頭深鎖地站起身。『我到底坐了幾個小時啊？』我緩了緩抖個不停的雙腿，大步走向鞋櫃並轉開門把。

『這個時間點會來敲我們家門的也只有潘如翎了吧？』我想，然後大力地打開門，結果看到了意想不到的面孔，忍不住倒抽一口氣。

出現在門縫間的烏黑短髮，在客廳透出的燈光折射下閃爍著紫色光芒。被頭髮遮擋的臉龐白白淨淨，眉毛濃密黝黑。再往下，是凝視著我的漆黑眼眸，他的眼神與潘如翎不同，沒有一絲光彩。

潘如翎的哥哥——潘如檀登場了。這時候來敲門的竟然不是潘如翎，而是如檀哥！

我滿腦子都是自己頂著的鳥窩頭，以及太久沒洗而油光滿面的臉，但是如檀哥看到我慘不忍睹的模樣，也還是一臉不感興趣。啊，眞是的，我這才想起被遺忘的事實，並在心中感到絕望。對吼，沒錯。

硬要分類的話，網路小說出現的主角哥哥大致分成兩種：「蠢蛋哥哥」和「只對妹妹好的冰山美男哥哥」。潘如檀的長相猶如面無表情的雕像，口氣冰冰冷冷的，由此可知，他屬於後者。

而且通常除了自己的妹妹，冰山美男哥哥對其他女生都毫無興趣！

其實我覺得我第一次見到他就對他一見鍾情，說不定只是角色上的設定。但他就是如此優質，優質中的優質。學校裡的殷智皓、權恩亨……所謂的四大天王才是潘如翎命定的對象，潘如檀跟她是有血緣關係的兄妹，應該不會喜歡上她吧？至少他們不是同父異母的兄妹，這樣我的機會會多一點嗎？

不過即便潘如檀對潘如翎並不是異性的喜愛，他會喜歡的女生也應該不是我。所以我也放棄了，至今已經放棄三年了吧。

不過他眞的太帥了，讓我忍不住盯著他的臉看。接著，他突然遞給我一個東西，我困惑地問。

「西瓜？」

「我媽叫我拿給你們，她說阿姨沒在睡覺，還在追劇。」

「啊，阿姨應該也在看吧？」

「嗯。」

潘如檀點點頭，看往客廳的方向，一臉沒轍地輕笑。雖然他的笑聲就像連續劇男主角一樣夢幻，但還是很帥。

我呆呆地抬頭望著他，他卻舉起手輕敲我的頭，意思是：「我在說話，不要失神」。可令我失神的主使者就是潘如檀。我再重申一次，他眞的非常、非常……帥。因爲跟他說話時，我總是會走神，他應該覺得我這個人很迷糊。

我猛地回過神來，往上看了他一眼，他開口。

「妳怎麼還沒睡？」

潘如檀用他特有的平穩聲調問道。他好久沒有問我問題了，這讓我很開心。我笑嘻嘻地回答。

「哦，我剛剛在整理行李。」

「啊，海邊旅行？」

「嗯。」

「要跟男生一起去？」

他用略微彆扭的表情問我的時候，我就知道了，看來他只是想問我跟旅行有關的事。

我笑著聳了聳肩。潘如檀微微皺起畫上去似的烏黑濃眉，接著說道。

「小心點。」

「哎呀，反正當天就回來了。而且他們也不算男生啦。」

「嗯。」

然後，他慢悠悠地轉身。直到他走進隔壁家門，我都站在玄關一臉恍惚地看著他。

老實說，隔壁就住著一個帥度超越明星的美男子，我怎麼可能不心動？雖然他眼裡只有妹妹，不會對其他人敞開心房。

我摸了摸剛剛被他輕敲的額頭，笑了一下便把西瓜放到客廳。劇裡的壞女人正淚流滿面地靠在男人身上，畫面中的她哭喊著。

「她到底、到底憑什麼?!爲什麼每個男人都那麼輕易地被她蠱惑?!」

媽媽直盯著電視，甚至忘了呼吸，整個人彷彿快被吸進電視機裡。

我瞥了壞女人一眼，點了點頭便轉過身去。看看四大天王和潘如翎的哥哥，我還眞不懂爲什麼潘如翎辦得到。

★

由於是冬天，清晨五點的窗外仍然一片漆黑。在清醒的那一刻，有道白光照射在我緊閉的眼皮上，讓我皺起了眉頭。

我緊揪著棉被，想將棉被拉到頭上，但是有個人把手疊在了我的手上。那雙手冰冷刺骨，彷彿才剛從外面進來，卻又柔軟得令人難以置信。接著，枕邊傳來一道低沉的嗓音。

「起床。」

這要是媽媽的聲音，我一定會馬上把棉被拉到頭頂，但卻不是。傳進我耳裡的聲音絲滑且無可挑剔，有著介於男人與少年之間的微妙魅力。

『啊，這個人好適合當廣播節目主持人。』我下意識地想。而當我驚覺自己只認識一個擁有這樣低沉嗓音的人時，倏地睜開雙眼。

『殷智皓！這小子爲什麼在這裡？』

我一瞪大眼睛，映入眼簾的便是沐浴在白色光線下的一頭銀髮。是殷智皓，眞的是他。

下一秒我彈起身，他略顯驚訝地看著我，握著我的那隻手也鬆開了。他看起來從容不迫，我瞪了他一眼，而他若無其事地開口。

「怎麼了？」

「你、你……我怎麼會在你房間？不對，你怎麼會在我房間……」

我慌張到忍不住胡言亂語。殷智皓眨了眨漆黑的雙眼，爽快地笑著回答我。

「潘如翎要我來叫妳啊。是阿姨幫我開門的，她正在廚房裡包便當。」

「媽！」

怎麼可以讓他進來我房間啊？我吼著要他出去，廚房劈頭傳來一道聲音。

「我在忙！」

雖然很感謝媽媽幫我準備便當，但怎麼能讓殷智皓進我房間？他又不是潘如翎。殷智皓不以爲意地開口。

「我又不是第一次進來了，幹嘛大驚小怪？」

「我、我醒著的時候跟睡著的時候……」

「都一樣醜啊。」

「……」

我瞪著殷智皓，下一秒又笑了出來。看到我的笑容，殷智皓愣了一下，並往後退開。

殷智皓一天到晚都把「潘如翎好醜」掛在嘴邊——**網路小說的法則第3條：即使女主角是女神，但還是會被男主角嫌醜。例如：醜八怪**——他這樣說，就代表我跟潘如翎長得差不多囉？我笑著問他。

「喂，你每次都說潘如翎長得醜，那我跟她……是同一個等級的嗎？呵呵呵。」

我紅著臉問道，殷智皓這才明白我在笑什麼。他馬上換回平時那個傲慢的表情，開口反問。

「妳眞的想知道嗎？」

「……」

我不發一語地對著房門抬了抬下巴，才不想讓他看到我鬆鬆垮垮的運動服呢。雖然他跟潘如翎擅闖我家也不是一天兩天的事，我也不需要注重什麼禮節，但再過一星期，我就是高中生了，我想讓他看到全新的我。

待他走出去並關上房門，我隨即套入紅色帽T，穿上灰色刷毛內搭褲裙。最後坐到書桌前，看著小小的鏡子，用小小的梳子瘋狂地梳頭髮。

話說回來，他幹嘛抓我的手啊？是想用冷冰冰的手叫醒我嗎？我握緊了手又鬆開。走出房間後，陽臺仍舊一片漆黑，殷智皓則坐在客廳裡。

客廳的燈沒開，廚房微弱的黃色燈光照映著他的臉。

我已經看了他的頭髮整整三年，如今還是覺得很虛幻。要是我脫離了這個世界，殷智皓的一頭銀髮，就再也不會出現在我面前了。

我盯著他，再次陷入了回憶。過去的三年，我曾被多少虛無的煩惱纏身？總覺得這個世界的一切就像假的，總覺得某天一覺醒來一切就會不一樣，那些感覺總是……總是讓我無法安於現況。

對我來說，這個世界是無法相信、無法倚靠的，因爲隨時會在一夕之間全數變了樣。我不是已經經歷過一次了嗎？

殷智皓將一雙長腿跨到桌上，就這樣躺在沙發上，動也不動。我站在門邊愣愣地凝視著他，他突然叫了我一聲。

「幹嘛一直盯著我？」

「……」

「看我帥？」

看到他對我露出調皮的笑容，我也只能跟著笑了笑。不管這個世界是否會在一夕之間改變，唯一不變的是，這裡每天都在變。而殷智皓和我的關係，也自然而然地在產生變化。

儘管我抗拒著這個世界，但我和這個世界的關係仍然一點一滴地改變了。我這三年的歲月，以及這段時間經歷的所有轉變，結果就顯現在眼前。殷智皓在我面前，親切地對我微笑。

我笑著走向他。

「你的腿眞的好長。」

「嗯，還行。」

「但誰准你把腿放到別人家客廳桌子上的？我都在這吃飯耶！」

「……」

殷智皓默默地把腳放下，看著他的舉動，我不禁捧腹大笑。隔壁鄰居突然變成網路小說的主角，雖然很離譜，但就結果來說，也不算太糟。

畢竟我能用我的雙眼欣賞這些好看又活潑的帥哥不是嗎？即使他們都是我吃不到的葡萄。

雖然天氣晴朗，但現在還是能夠看見星星的幽暗清晨。天空的邊際染上透明的色彩，讓我忍不住懷疑現在是否仍是半夜。我和殷智皓在門邊等待。此時，潘如翎全副武裝地圍著圍巾，戴著耳罩，露出燦爛的笑容從公寓門口走出來。

我有提到這三年來潘如翎變了多少嗎？不是說女生的外表會在十八歲左右綻放嗎？而現在的潘如翎已經十七歲了。

她的美貌簡直……啊，就先不說她猶如黑檀的秀髮與一雙烏黑的大眼了。我只強調一件事，潘如翎的眼眸比現在我們頭頂上繁星點綴的夜空更加閃耀。

她的一頭長髮傾瀉在背上，米色長版大衣下露出一雙穿著黑色緊身褲的直腿，令人神魂顛倒。我竟然用神魂顛倒形容和我同齡的女生，不過眞的只有這個詞彙能夠表達。

潘如翎露出笑容，笑眼彷彿連成一個彎，她勾住我的手臂，精神抖擻地說。

「走吧！」

殷智皓出神地看向我和潘如翎，而後才慢吞吞地邁開步伐。春天已經到來，天氣卻尙未回暖，層層堆疊的雪地上印著我們一步一步的腳印。

可能因爲是清晨，地鐵裡沒什麼人，而且不是大學慶典期間，要搭首班車的人寥寥無幾。地鐵車廂的門開著，就這樣停靠在月臺旁。我見他們緊挨著彼此打盹，便說要去上廁所。接著，便聽到身後傳來潘如翎的嘟囔聲。

「唉，劉天英老是不守時，他應該要有自知之明。」

她說的沒錯，雖然除了劉天英，權恩亨和禹宙仁也還沒來，但是唯獨劉天英最常遲到。明明他看起來是最守時的人，卻總是慣性遲到五分鐘以上。

原因之一是模特兒不規律的行程，之二則是，劉天英很愛睡覺。

因爲他眞的超級愛睡覺，權恩亨還曾經打趣地說，如果把劉天英砸壞的鬧鐘蒐集起來，可能會跟一隻大象一樣重。我當時還不相信他說的話。

直到後來看見劉天英蜷曲著身子睡在我家的沙發上，被禹宙仁叫醒時，拳頭朝對方臉上飛過去的樣子，我才相信權恩亨沒在開玩笑。天啊，要是學校那些叫他「冰山王子」的同學看見他這麼火爆，不知會作何感想？

我洗好手，走出廁所時，差點大力地撞上從隔壁走出來的男子。我勉勉強強站穩身子，抬起頭來。

對方是個身高比我高二十公分，腿特別長的男子。他的黑色帽簷壓得很低，臉上還戴著畫有獠牙圖樣的黑色口罩，因此看不清楚長相。裸露在黑色口罩與紅色圍巾之間的脖頸看起來格外蒼白。

他好像還沒睡醒，連一句對不起都沒和我說，便微微低著頭，加快腳步離去。

看著男子逐漸遠去的背影，我才發現帽子下方露出凌亂的深藍色髮梢，我衝著他的背影大聲叫住他。

「喂，劉天英！」

我的聲音難得如此有自信。而他可能還在神遊，繼續走在空無一人的走廊上，半途中才突然停下腳步，回頭看我。

不久後，他才緩緩把口罩拉到下巴。我就知道，看到口罩下露出的直挺鼻梁與僵硬薄唇，我揚起嘴角。

他淡淡地問道。

「妳怎麼知道是我？」

「髮色，還有……」

我含糊其辭。其實讓我定睛看他的關鍵，是當我的肩膀輕撞到他時，有股清香飄向我的鼻尖。我不是在說笑，眞的有股清香。

話說到一半，我皺著眉問他。

「你……噴香水啦？」

「沒有。」

他的回答十分簡短。如果是殷智皓，後面一定還會加上：「開什麼玩笑？我幹嘛噴？」但他說完後，就默默地站在原地，似乎是在等我。我便急急忙忙地跟上他，心裡忍不住想。

『所以他不噴香水也會自動散發清香囉？哇，不愧是小說主角之一，眞有冰山王子的風範。竟然不是散發別的味道，而是清香。』

他似乎還沒睡飽，將頭垂得低低的。我看著他，突然間輕輕地抓住他的衣角，想聞聞他身上的清香到底有多香。然而他卻突然頓住，並用力地甩開我的手。

原本還半張的雙眼，此時突然瞪大，帽子下的視線看向我，慌張的情緒在他藍色的眼裡緩緩地蔓延。

我遲疑了一下，笑著揮揮手。

「啊，抱歉，我……忘了不該在你睡覺時碰你。」

「對不起。」

「不會啦。」

於是我將雙手塞進羽絨外套的口袋裡，劉天英也沉默了好一陣子。要是有人看到現在的我們，說不定會問：「你們這樣還算是三年的好友嗎？」我們之間就是這麼尷尬。

我們對彼此的態度會這麼小心翼翼，是因爲不過一個月前，我們兩人才大吵過一架。那天，我哭腫了雙眼，而平時面無表情的劉天英，也微微紅了眼眶。

我們倆低頭不語地走了好一會兒。

走到一半，便發現不遠處有幾個五顏六色的腦袋。我瞇起眼睛盯著那些人，而地鐵裡其他人的視線也都集中在他們身上。可以理解，畢竟他們就像模特兒一樣站在那裡，還頂著一頭銀色、黑色、褐色、酒紅色等如此華麗的髮色，誰能忽略他們的存在？

早知道就學劉天英戴帽子了。我咋舌，隨即筆直地朝他們奔去。

擁有一頭不像韓國人的淺褐色頭髮，或者應該說是焦糖色頭髮的禹宙仁向我們露出笑容。他的語氣就像平時一樣爽朗。

「哇，你們倆一起來呀？你打扮得好像間諜喔。」

「謝謝。」

劉天英重新拉起口罩，低沉地回應他。他聽不太懂玩笑話，可能當眞了吧。

我看著他們，忍不住呵呵笑。笑容滿面的禹宙仁撲進我懷裡，對我說道。

「媽，我好想妳喔！」

「乖乖，我的宙仁。」

我搔著他的下巴，他又加深了擁抱，讓我忍不住咯咯笑。我打了他的手臂幾下要他放開，他才鬆開手。我揉揉他的褐髮，笑了笑。

不管怎麼說，我在這些人裡面最疼愛的就是禹宙仁了。他很可愛，不過有時候、偶爾，因爲他腦筋轉得很快，會說一些我聽不懂的話，但還是很可愛，而且他會叫我「媽」，又愛跟著我。

我揉了揉他的頭髮，在權恩亨的叫喚下轉過了頭。他灰綠色的溫柔眼眸淺淺地笑著。

「車子要來了，走吧。」

「嗯。」

我放開在揉鼻子的禹宙仁，我們一夥人便浩浩蕩蕩地搭上地鐵。

由於潘如翎緊黏著我，所以我的右邊坐著她，另一邊則坐著笑嘻嘻的禹宙仁，再旁邊便是殷智皓與劉天英，他們好像在大聊遊戲。

權恩亨眉頭微皺，看著他們開口道。

「你們知道一天到晚玩電腦會變成什麼嗎？」

「什麼？」

殷智皓反問，權恩亨朝他勾了勾手指，在他身後耳語。不久後，我看見殷智皓與劉天英兩人臉色發青。

「怎麼了？」

是什麼？我困惑地皺起眉，剛好和露出笑容的權恩亨對到了眼。

「沒事。」

我笑嘻嘻地轉回視線。因爲禹宙仁正在鬧脾氣，問我爲什麼不跟他玩。權恩亨是唯一一個我只叫名字的男生。雖然我也會對著禹宙仁叫「宙仁」，但他對我來說不是異性，所以不算數。

權恩亨很溫柔，而且知道什麼叫公正的判斷，所以才會當了整整三年的班長吧。他很受眾人歡迎，但我偶爾會覺得他才是眞正的大魔王，也不知道爲什麼會有這種感覺。啊，進到小說世界後，我每天都會隨手寫些東西，所以想像力也愈來愈豐富了吧。我搔了搔手臂。

上方的地鐵螢幕亮了起來，列車這時也出發了。窗外一棟棟的大樓與電線杆一晃而過，山的影子也出現在縫隙之中。

轉眼間，空氣染上了晨曦的顏色，愈來愈透亮。我迷茫地看著窗外的景致，總覺得，清晨的旅途會讓人變得多愁善感。

然而，我才感傷沒幾分鐘就清醒了。通常和朋友一起去旅行，不是玩卡牌遊戲、吃麥飯石烤雞蛋等各種便當、炸雞，就是毫不停歇地你一言我一語，但是我們卻完全沒有。

我們排成一列坐在地鐵上，怎麼好意思在打盹的人面前玩卡牌？

最先睡著的人是劉天英。他靠在殷智皓的肩膀上睡覺，讓殷智皓抱怨連連。然而沒過多久，帶起耳機聽著音樂的殷智皓，也漸漸地倒在劉天英的肩膀上。

他們兩人肩並肩睡著的畫面真養眼。我用充滿笑意的眼神看著他們，轉眼看見連權恩亨都靠在身旁的欄杆上睡著了，便嚇了一跳。接著，我的睡意也一點一滴地湧上。啊，不行，不能睡著。

這時，突然有個東西撞到了我的肩膀，我轉過頭一看，發現潘如翎烏黑的頭頂就在我的下巴下方。而禹宙仁緊抓著我的手，一晃一晃地打著瞌睡。

哈，我空虛地看著他們倆，然後靜靜地閉上眼。什麼旅行的幻想，就算了吧。

★

有人曾說過，冬天的大海與夏天的大海會有格外不同的感覺。我好像是從書上看到的，但是記不太清楚了。我靠在欄杆上搔搔頭，望著寬闊的天空。

雖然知道黎明時分的空氣會變得清新，但沒想到天空會明亮地如此刺眼。光線之下突起一塊塊陸地陰影，海水在微風吹拂下掀起陣陣漣漪。

我低頭望著幽暗的海水，總覺得要是突然冒出一隻怪物也不令人意外。

我本來靜靜地盯著欄杆下方，突然有人拍了拍我的肩膀。我嚇得轉過頭——是臉上掛著笑容的潘如翎。因爲沒想到我會這麼驚訝，她似乎有點尷尬。

可隨即，她彎起水汪汪的大眼，笑著走到我旁邊，將身體靠在欄杆上，學我看向腳下翻湧的海水。

老實說這不是什麼好看的風景。海水打在灰色水泥牆上，形成一片一片的白色浪花，水面上還漂浮著瓶瓶罐罐，以及破掉的泳圈，但她還是開心地微笑著。

看來比起旅行，能和我們一起出遠門對她來說意義更爲深重。然後，她將目光從大海轉向我，開口說道。

「好舒服喔。」

一陣風吹來，使她烏黑的髮絲閃閃發亮地隨風飄舞。看著鼻尖泛紅，傻傻地笑著的潘如翎，我也跟著笑了出來。因爲我知道，這種呆呆的笑容，她不會隨便展現出來。

跨越她是女主角這一點，我把潘如翎當成眞實人物也才不到一年而已。想到一路走來發生了多少事，如今我們才能面對面望著彼此，我不禁心頭一緊，感傷地凝視著她美麗又深邃的大眼。

潘如翎將被風吹亂的髮絲撥到耳後，手指像樂器一樣，纖細又漂亮。然後便回頭看向我，露出笑容。

「怎麼了？」

剛剛還在恍神的我搖了搖頭，看到她緊咬著唇，我問道。

「會冷嗎？」

「嗯，有點。」

語畢，她呵呵笑著。我垂下視線思考了一下，便默默地將脖子上的圍巾解開，走向那張笑顏，圍住她半張臉。

圍好圍巾後，我往後退一步，滿意地笑了笑，可潘如翎卻一臉慌張。也是，口鼻突然被圍巾圍住，不慌才怪。但是下一秒，令我意想不到的事情發生了——她突然靠近我，緊緊將我抱住。

我驚慌地瞪大眼，可又馬上笑了出來，我緩緩地輕拍她的背。

一想到她這幾年內心受過的苦，就明白爲什麼她會抱緊我了。看著她噙著淚水的雙眼，我忽地問道。

「欸，四大天王呢？」

「蛤？」

被圍巾包住的嘴動了動，發出了模模糊糊的聲音，不過還是能聽得懂。正打算解釋的我皺起眉頭。

我還以爲她會立即聽懂我所說的四大天王，正是殷智皓、劉天英、權恩亨和禹宙仁他們四個。畢竟只要這樣說，所有國中同學都知道是在指誰。

『不會吧？』我暗自懷疑。潘如翎應該只是沒聽到我在講什麼而已，她的耳朵又不是裝飾品，怎麼可能會不知道？而且她也不是沒跟其他同學說過話啊！

我打起精神，一字一句，清楚地對她說。

「四、大、天、王，他們人呢？」

「……那是……什麼？」

潘如翎下意識露出覺得奇怪的表情，並尷尬地笑了笑。我看著她的笑容，忍不住沉默。『眞的假的？她不知道？蛤？』

啊……我默默扶額。是啊，雖然我決定這三年要把他們當成現實生活中的朋友，但不變的是，這裡仍是網路小說的世界。

儘管她是全校皆知的校園名人，但是她連四大天王是誰都不知道，甚至他們四個是跟她一起吃飯、呼吸，還一起去KTV唱歌的人。

我扶著額頭，緊閉雙眼。

遠方漆黑的海洋仍在翻湧，晴空萬里的藍天中有鳥影飛過。有艘漁船劃過水流，轟轟作響的馬達聲伴隨著飛快的行駛速度，低飛在水面上的鳥兒拍著翅膀飛向天際。我緩緩整理著思緒。

來，這時身爲女主角的朋友通常會怎麼做？很簡單。

『天吶，妳不知道四大天王嗎？怎麼會？四大天王就是我們學校的殷智皓、劉天英、權恩亨、禹宙仁，這四個人呀，超帥的喔！而且他們功課又好……又完美……但是對女生沒興趣……他們還有粉絲團喔！啊，殷智皓大人是我的！』就是要一邊發花癡，一邊提供資訊。

在這些臺詞閃過腦海的同時，我看著潘如翎天眞無邪的臉。有時候，有時候啦，我會覺得她「清純可人」的表情，其實是「清純可惡」。

不久後，我整理好思緒，笑著告訴她。

「就是那四個傢伙。」

我刻意用「四個傢伙」降低他們的地位，並等著潘如翎的回應。潘如翎的眼光需要教育，因爲對她來說，他們四個撐不起「四大天王」這個偉大的頭銜。

而不久後，她才露出豁然開朗的笑容，回覆道。

「哦，他們喔！他們去買杯麵啦。」

「什麼？來海邊玩，幹嘛買杯麵？」

「宙仁說他想邊吹海風邊吃泡麵！不是有人會在聖母峰中途的基地一邊發抖一邊吃東西嗎？就是那種感覺。」

我頓時無言。泡麵確實是要在寒天裡一邊發抖一邊呼呼吹氣才最好吃，但是其他人怎麼都沒阻止他？

不對，他們是什麼時候消失的？我錯愕地看著馬路另一端的小小便利商店，他們一定是去那裡了。此時，我突然驚覺一件事——

所以，現在這裡只有我跟潘如翎而已？

靠！我緊閉著眼，內心開始倒數。五、四、三……

「喂，小妞，妳很正喔！」

出現了，我就知道。

我一臉絕望地看向對方。

男子的個子很高，肩膀特別寬。看他露出額頭的髮型，一定用了很多髮蠟。頭髮下的五官端正，算是個帥哥。

沒錯，這本小說裡跑龍套的角色也不可能會是「普男」。我嘆了口氣，悄悄地牽起在我旁邊發愣的潘如翎。她好像渾然不知對方嘴裡的「小妞」是在叫她——**網路小說的法則第4條：女主角不知道自己是美女**。

我假裝沒聽見，並躡手躡腳地拉住潘如翎。接著一臉超然地露出「已經看了兩個小時的海景，享受了這麼久的大自然，差不多該回去了吧」的表情。

想和潘如翎走在一起，演戲是必要的技能。像是尿遁的演技、馬上就要喘不過氣來的發病演技，或是「我哥很罩，敢惹我，他一定不會放過你」的恐嚇演技。動不動就會有小混混對潘如翎死纏爛打，每次遇到這種情況，我都會毫無保留地發揮演技，趕跑他們。

如果是平常，我會在他們上前搭話的幾秒前就開始做準備，但這次對方已經先開口了我才察覺，太遲了。

混混們不顧我一臉無聊的表情，叫住了我們。

「喂，站住，不准走！」

「……」

「小丹，妳認識他們嗎？」

潘如翎在我耳邊小聲詢問。我緊閉雙眼，在心中嘟囔：怎麼可能！這裡可是距離我家兩個小時車程的海邊耶！

但要是我再不說話，潘如翎就會勇敢地挺身而出，對抗他們。我很清楚，放任她這麼做太危險了。

潘如翎就像每個網路小說的女主角一樣，做事情不顧後果，也不管會不會闖禍。

最後，我擺出投降的手勢，慢吞吞地轉過身，開口說道。

「呃，那個……」

「我對妳沒興趣！」

「我們是一起的。」

我淡淡地說。除了眼前的這個大塊頭，他身邊一字排開，穿著校服的男生們看起來也個個身手矯健。

他們大概有七個人，髮色不是褐色就是金色。雖然顯眼，但對我來說略微可笑。跟四大天王比起來，簡直小巫見大巫。尤其是殷智皓，他可是銀髮。

男子看到我沒什麼反應，意外地慌張了一下，不過隨即又露出笑容，伸出手指指向我隔壁。不用看也知道，他指的是潘如翎。

接著他說道。

「誰管妳啊，玩伴隨時都可以換嘛，是吧？我是在問那個美女啦。美女，要不要跟我們一起玩？」

「……」

潘如翎緊咬著嘴唇，纖長的睫毛向上捲翹，在烏黑的眼眸上形成一道陰影。她不知道，她咬唇的模樣，看起來真的很美。

過了會兒，她轉頭對我說。

「小丹，走吧。」

潘如翎的回應讓男子頓時漲紅了臉。他看起來不像是在生氣，應該是這輩子第一次聽見這麼美妙的天籟之音，才會讓他如此失神。

我匆忙地牽住潘如翎的手，轉身之際，又聽見那道聲音。

「喂，給我站住！」

嘖，靠！我哭喪著臉轉回去。雖然便利商店就在不遠處，但這個距離就足以讓我跟潘如翎被這些男人抓住。不如拖時間吧，他們買個泡麵是能花多久時間？

浮現這個想法後，我突然想起禹宙仁。他在挑要哪一種泡麵的時候，至少會耗費十分鐘以上吧？

『怎麼辦？真的要逃跑嗎？』正當我這麼想的時候，那個男子大步地走到我們面前。他俯視我，露出討厭的笑容。

「喂，妳。妳叫什麼名字？她剛剛叫妳小丹，那姓氏呢？」

「……」

「還不快回答？」

「咸小丹。」

接著他哈哈大笑。啊，看他的表情，我馬上就知道他要說什麼了。

不久後，他轉頭看向自己的朋友，爆笑出聲。

「欸，她說香丹耶！香丹？有夠適合的，噗哈哈！」

「香丹是什麼？」

其中好像有人不知道*《春香傳》，他用尖銳的嗓音問道。也對，那個人看起來就沒在念書。當我看向他時，站在他身前的男子開口訓斥。

◎《春香傳》：朝鮮半島著名的愛情故事，被視為韓國古典文學代表作。「香丹」是故事中的主角成春香的丫鬟。

「吼！你沒看過《春香傳》喔？就是古典文學中最色的小說啊，哇哈哈！」
「靠，變態，難怪你會知道古典文學。」
他們一夥人哄堂大笑，而我在羽絨外套下拚命按著手機：『喂，快點來，快點、快點！』我將手背在背後快速地打字，然而好像被他們看見了。
我再次抬起目光，男子斜睨著我問道。
「喂，妳很從容喔？」
「什麼？」
「拜託，我們有七個人欸，七個！妳們總共幾個？皮還不繃緊點？蛤？」
「……」
我沒回應，只是緊咬著唇。他彷彿又想到什麼，笑嘻嘻地問我。
「啊，該不會妳們的其他朋友也是女生吧？如果都像那個美女一樣漂亮就好了。喂，妳的名字是有鑲金喔？幹嘛一直不講啊？」
「啊，不要碰她！」
我出聲制止後，也頓時嚇了一跳。男子對我露出不耐煩的眼神，使我不禁後退了一步。
我會阻止那雙伸向潘如翎的手，其實是因為潘如翎是顆不定時炸彈。要是把她牽扯進來，事情可能會一發不可收拾。
我明明是出於善意，卻換來男子一臉凶惡地走向我。

我得想辦法讓他的視線離開潘如翎。我抬頭看著那男子問道。

「呃，那個……」

「怎樣？」

「你叫什麼名字？」

他低頭看我，然後又「哈」一聲冷笑。是怎樣？被發現了嗎？他會不會抓住我的衣領，叫我別想拖時間，然後暴打我一頓？一想到此，我內心便一陣不安。

我會這麼從容，是因爲潘如翎是女主角，所以絕對不會受傷，那四個男生一定會及時跑來英雄救美。但仔細想想，這種小說不也常有以下的情節嗎？

閨密好友和女主角同行，雖然女主角沒事，可是她的朋友不但沒有了不起的男友，還被打個半死……

看著好友躺在醫院病床上，女主角便下定決心要變強。這種類型的小說，好友受傷通常就是女主角變強的契機。

媽呀，我的臉頓時沒了血色。我茫然地抬頭看向男子的雙眼，發現他露出了自信滿滿的笑容。低沉的嗓音響起。

「殷謙。」

「……？」

「我姓殷，單名謙，殷謙。」

一聽到這個名字，我的眼淚終於沿著雙頰落下。

殷謙，他是叫殷謙嗎？就是那個常常在小說中登場的那個，殷謙嗎？

我有預感，這個男人絕對不是跑龍套的角色，他以後一定會有比重不少的戲分。殷謙！他的名字正說明了一切！看他現在的外表，想必會是個反派，而且還是大反派。

我淚流滿面，咬著牙抬頭看他。我的哭泣好像造成他們一陣慌亂。可以理解，畢竟他只是回答我的問題，結果我竟然號啕大哭。不過現在眞的事情大條了。

啊，當然，我早有預料總有一天會發生這種事。我曾想過……自己有可能會被這種大反派用刀刺死，然後從小說舞臺上黯然退場。

我甚至不顧潘如翎緊張地抓著我的手，邊哭邊問。

「我是不是要死了？」

「蛤？」

「潘如翎長得漂亮，所以你會放過她，但是你爲了讓她乖乖聽話，就拿我殺雞儆猴，在她面前置我於死地，對吧？」

「什……什麼？」

「接著那四名男子才姍姍來遲，那時我也已經被打到奄奄一息了。與此同時，我看著如翎淺淺一笑，對她說：『妳沒事……眞是太好了……』然後就失去意識。」

「這女的在說什麼?!」

「她是不是中邪了?也太可怕。」

我也不管他們面面相覷、竊竊私語，由於眼淚不斷湧出，我抬起頭不讓淚水流下，並帶著淺淺的笑容，繼續說道。

「如翎、如翎她會緊緊握住我的手，說要幫我報仇對吧?然後我就可以一路好走了對吧?」

「欸，你、你……你是不是說錯什麼話了……」

「喂，會不會是她死掉的爸爸就叫殷謙啊?」

不顧他們慌張地嘀咕，我用衣袖擦了擦淚水。啊，不過能被殷謙這種大人物毆打，我的人生應該也算成功了吧?殷謙這個名字，被用來當作小說主角名字的次數可是多達數十次呢。

我點點頭，擦乾淚水。突然看見一陣幻覺——在幽暗的海水裡，有天使從不斷捲起的漩渦中飛出。

絢爛的陽光灑落，天使飛向我，將手輕放在我頭上，露出溫柔的笑容。祂好像在對我說話。祂說:「辛苦了，以後不用再這麼痛苦了。」

我微微一笑。然後就在我抬起頭，正打算接受命運的那一刻……

有人輕輕地摸了摸我的頭。

我嚇了一跳，轉過頭去，這才發現權恩亨正微笑地看著我。

我望向他身後，通往便利商店的那條路上並沒有其他人的身影。他們派了最擅長打架的權恩亨過來。

我再次回過頭，雖然權恩亨正在笑，但他的嘴角冷冷地僵住。被他冷冽的視線盯著看，那些男生們慌張地彼此互看。他們心裡應該在想，不過就一個人，憑什麼這麼有自信？

在他們躊躇不前的時候，權恩亨轉頭問潘如翎。

「如翎。」

「嗯？」

「她怎麼在哭？」

潘如翎眨了兩下那雙烏黑的大眼，然後露出和權恩亨一樣冰冷的眼神。接著，她張開鮮紅的嘴唇，吐出的話令我大吃一驚。

「他們把小丹叫成香丹。」

「然後呢？」

「還說要是我不乖乖聽話，就要把小丹打到昏倒，殺雞儆猴給我看。」

「……？」

這好像不是他們說的話，是我說的啊。我一臉困惑地看向潘如翎，她卻面不改色。我想開口告訴權恩亨不是這樣的，然而默默聽著的他也回應道。

「知道了，謝謝。」

下一秒，權恩亨瞄了我一眼。他原本放在我頭上的手微微施力，又再次鬆開。

我詫異地望向他，而他笑著和我說。

「等我。」

「……？」

「等我一分鐘，我替妳報仇。」

他的嗓音甜膩又溫柔，彷彿下一秒就要在我耳邊融化。他的微笑果然是我看過最柔和的。我想，只要被他那張臉搭話，不管是哪個女生都一定會受不了，馬上上鉤。

他露出溫柔的笑臉大步前進，接著揪住站在最前面的男子，一拳揮去。「砰！」男子應聲癱倒在地。

剩下的六個人慌張地對看，他們同時大喊出聲，朝權恩亨奔去。

「呃啊啊——！」

「哎喲喂！」

在我出神地看著他們時，潘如翎毫不猶豫地跑向我。看到她若無其事的表情，我才把剛剛沒說的話說完。

「如翎。」

「嗯？」

「他們……又沒說那種話，那是我說的吧？」

潘如翎眨了眨眼，歪愣著頭，並開口。

「他們不是用心電感應跟妳說的嗎？」

「什麼？」

「不然他們的威脅怎麼可能這麼具體？」

「……」

我再次轉過頭，看著被權恩亨打得滿地找牙的七名男子。

是啊，人家都說少數贏不了多數，但這可是小說啊。權恩亨能夠不斷展現華麗的迴旋踢，他們會被打趴也不奇怪。我茫然地看著眼前的景象，內心突然感到些微的愧疚。

遠方傳來叫喚聲，我回頭一看，看見了小心翼翼地端著熱氣騰騰的泡麵的殷智皓、劉天英，以及禹宙仁。殷智皓朝我們大喊。

「喂，權恩亨！解決完了沒？」

權恩亨用爽朗的微笑回應。

★

雖然聽信潘如翎的片面之詞，就痛毆七個混混的權恩亨很可怕，但最可怕的還是，當那些混混緊摀著自己被打的地方，嘴裡嗆著經典臺詞「給我走著瞧」並逃之夭夭時，他們幾個卻說這邊風景好，泰然自若地坐在這裡吃泡麵。

拜託，一般人聽到「給我走著瞧」這種話，通常都會不想惹是生非，拍拍屁股離開吧？

雖然我是這麼想的，但這些人可是四大天王和女主角，用一般人的標準來衡量他們，簡直是對一般人大爲不敬。

心裡這麼想的我，從劉天英手中接過泡麵。我們將禹宙仁帶來的報紙隨意鋪在地上，坐下後拆開筷子。

我猛然朝大海的方向一看，片片白雲從天邊湧了過來，看起來不像是烏雲。

我凝視著海洋，劉天英可能是看到我露出奇怪的表情，便轉過來面對我。他直勾勾地盯著我，也不知道在想什麼，突然就伸出白皙的手指。呆愣愣的我突然嚇了一跳，我看向他。他開口問道。

「妳哭了？」

口罩裡傳出這句話，雖然吞吞吐吐的，但也不到聽不清楚的程度。我看著他湛藍的雙眼，點了點頭回覆道。

「呃，嗯。」

「有被打到嗎？」

「沒有。」

然後，他輕輕地拍了拍我的頭。這也是潘如檀哥哥常對我做的舉動，但我還眞搞不懂他這是在摸我還是在打我。

我露出微妙的表情看他，劉天英朝我身旁的潘如翎伸出手。他拉住圍在潘如翎紅色圍巾上的灰色圍巾，問道。

「妳怎麼圍兩條圍巾？」

「啊，不、不要拉！」

潘如翎慌張地從劉天英手中奪回灰色圍巾，我愣愣地看著他們。那條灰色圍巾是我的，也是我親手圍在潘如翎身上的。

劉天英可能也知道那條圍巾是我的，他鬆開手，在半空中握拳又放開，看了我一眼後，接著說道。

「被她搶走的嗎？我幫妳搶回來？」

「喂！才不是咧！」

潘如翎勃然喝斥，同時作勢要狠踹劉天英的小腿。

但她可能是突然想起劉天英最近開始當模特兒，便停住了動作。下一秒她望了我一眼，噘了噘嘴說道。

「你誤會了，這是小丹幫我圍的。對吧？小丹。」

「呃，嗯。」

不知為何，她的眼眶紅紅的，讓我感到詫異。怎麼了？聽她的口氣，應該不是害羞就是開心吧？她不停撫摸我的灰色圍巾，雖然看起來很可愛，但是又有點……危險……嗎？我暗自心想，卻突然和劉天英對到眼。

他向我點點頭，露出奇怪的表情。原本想問他怎麼了，殷智皓卻一屁股在一旁坐下並開口。

「欸，妳這樣能吃泡麵嗎？」

他應該是在問潘如翎。在我看來，灰色圍巾不但遮到潘如翎的嘴巴，甚至連鼻子都遮住了，不太可能吃得了泡麵。

劉天英也把口罩拉到下巴，在我身旁鋪了報紙坐下。

潘如翎蹙眉，摸著圍巾回應殷智皓。

「我能吃！」

「妳是想上*《世界有奇事》喔？」

我訝異地看著她，殷智皓也一臉無奈地嘲諷。我想，潘如翎會這樣回應應該只是意氣用事而已。

可她還是繼續摩娑著圍巾，眼眶泛紅地瞥了我一眼，回道。

「我死都不會拿下來。」

「……？」

「因、因爲這是小丹幫我圍的。」

語畢，潘如翎再次伸手把灰色圍巾底部拉好，雪白透亮的臉蛋浮上兩朵紅暈，樣子可愛又迷人。但是在這種情況下臉紅，會不會，有點危險？

◎《世界有奇事》：韓國的綜藝節目，介紹世界各地特別的人事物。

我心想著，撇頭看向旁邊，正好和權恩亨對到眼。他溫柔地笑著，看起來很樂在其中。我出神地望著他，卻聽見了殷智皓低沉的嗓音。

「那，妳們兩個是要結婚嗎？」

「對啊。」

潘如翎的回覆淡然又堅決，讓我嚇了一跳。「咳咳、咳咳」，隔壁傳來陣陣咳嗽聲，我心裡想著是誰，轉頭一看發現是劉天英，他難得嗆到。

我伸手拍拍他的背，然後又再次聽見殷智皓低聲回應。下一秒，輪到我瘋狂咳嗽。

「那就要修憲了，韓國還沒有同婚合法化呢。」

「咳、咳咳！咳咳！」

天吶，這個世界終於瘋了，一個十六歲的少年竟然有能力修改憲法！就算是小說，也太離譜了吧！

我停止拍打劉天英，一邊咳嗽一邊倒在他背上。這次換他驚訝地看著我，然後輪到他替我拍背。

我們泡麵都還沒吃半口，就發生了這齣鬧劇。禹宙仁好奇地問道。

「哇，智皓，修憲你也辦得到嗎？」

「胡說八道什麼？當然是開玩笑的啊。」

我這才停下咳嗽，握緊了拳頭。我狠瞪殷智皓，他則露出莫名其妙的表情。
『我、我還以爲你眞的辦得到咧。』
權恩亨將紅髮往上撥了撥，溫柔地笑著對我們說。
「快吃吧，麵要糊了。」
如他所說，麵眞的糊成一團了。
我呼嚕嚕地吞下麵條，時不時地瞪著殷智皓。當他皺著銀色眉毛，對我露出「想幹嘛」的表情時，我馬上斥責他。
「喂，你謊話說得未免也太順口了吧？」
「……？」
他訝異地看著我，接著瞥了我右邊的潘如翎一眼後，露出了討人厭的笑容，開口說道。
「雖然我沒辦法修憲，但可以借妳飯店辦婚禮。這點小事，算妳免費。」
「哈哈，欸，滾啦，少唬我！」
我皮笑肉不笑地賜他一根中指。最近網路上傳得沸沸揚揚，舉辦婚禮的開銷超級高，最多甚至還超過一億呢，這小子是在瞎說什麼啊？而且還說什麼借我飯店！就憑你？
正當我這麼想的時候，身旁的權恩亨平淡地插了句話。
「他應該沒在唬妳。」
「……？」

我抬頭，露出「眞的假的」的表情。他先是喝了口湯，再點點頭。禹宙仁活潑的嗓音加入了話題。

「智皓家眞的有間飯店啊。茱諾大飯店，一九九四年完工的五星級飯店。」

「……」

他睜著圓滾滾的大眼，嘴巴一動一動地說著。禹宙仁的頭腦出奇地好，只要是他說的話，基本上都是眞的。

我安靜地抬頭望向殷智皓。他看著我的中指，一臉要把它折斷的表情。我放下手指，笑嘻嘻地對他說。

「智皓，我們……上了高中以後，一定要當麻吉喔。」

「滾。」

「別這樣嘛，大哥。」

潘如翎泡麵吃到一半，突然面露凶光。她直盯著殷智皓，對他說道。

「欸，你可別誤會了。小丹是對你的財產有興趣，不是對你有興趣。」

「鬼才會誤會。拜託，她的意圖這麼明顯，就算我想誤會也很難好嗎?!」

「沒錯，所以你別自作多情，小丹只對我有興趣！」

一旁的權恩亨笑著問。

「所以妳們什麼時候要結婚？」

我無言地摀住了臉，嘆了一口長長的氣。

老天爺啊，潘如翎好像一直搞錯這部小說的類型。

我隔壁的潘如翎和殷智皓你一言我一語的鬥嘴聲，繚繞在這片廣闊的海洋上。

★

我們的行程直到吃泡麵都還不錯，但由於後續毫無計畫，使這趟旅行變得不上不下的。當一群人在海邊遊蕩時，我才產生這樣的疑惑。大家默默無語地看著風景，我突然轉身丟出一個問題。

「喂，所以我們吃完泡麵要做什麼？」

「要做什麼呢？」

「到底要幹嘛？」

此時，殷智皓和潘如翎才發現我們根本一點計畫都沒有。呃，雖然我也沒做任何規劃，只知道要來海邊就興沖沖的，但這未免也太……坐在一旁的權恩亨問大家。

「話說回來，當初說要來海邊的人是誰啊？」

「啊，是我。」

坐在對面的禹宙仁舉起手，泰然地回應。禹宙仁發現眾人的視線都轉向自己時，他褐色的眼珠慌張地轉了轉，而後卻露出令人意外的燦爛笑容，開朗地說道。

「因爲我想吃海鮮煎餅！」

現在想想這段對話還眞傻。說好要來海邊旅行，結果打包好行李抵達之後，直到吃完午餐，竟然都還沒有任何想法。後來，我們嘴饞地晃了好一陣子，才到附近的餐廳吃了海鮮煎餅，滿足禹宙仁的願望，而且光是海鮮煎餅就吃了十份左右。老闆娘一開始還以爲我們是窮學生，只點便宜的餐點，嫌棄我們霸占店家座位，直到我們吃了十多份海鮮煎餅，她才訝異地端出其他料理。

旅行結束後，我和潘如翎在直達客運上頭靠著頭打瞌睡。回到家時已經超過晚上十點了。我們和住在附近的殷智皓道別之後，有氣無力地並肩行走著。

快到公寓的時候，潘如翎和我都睏到快昏倒了。明明也才走十分鐘而已，我揉著刺痛的額頭，按下電梯按鈕。

雖然和潘如翎是住在同一棟公寓的隔壁鄰居，但我偶爾還是會對她打開隔壁大門的舉動感到陌生。

我和她說完再見，正要轉身時，她叫住了我。

「小丹。」

「嗯？」

「我今天可以住妳家嗎？」

潘如翎其實滿常住我們家的。我聳了聳肩，隨即問了待在客廳的爸媽。

「媽，如翎今天可以睡我們家嗎？」

「可以啊！」

果然，媽媽一下就答應了。潘如翎開心地說她洗好澡再過來，便閃身進了家門。我在後頭看著她飄揚的黑髮一溜煙消失在門縫中，再慢吞吞地走進玄關，隨意地將鞋子放進鞋櫃，並回到房間。隨手將襪子丟入衣櫃後，撲通一聲躺到床上。

呃啊啊！軟綿綿的床墊包覆著我的身子，這才讓我放鬆了下來。極度疲憊的我視線恍惚地看向天花板，內心想著。

冬季海灘之旅除了毫無計畫以外，大家其實玩得相當開心。我大概知道爲什麼人們會這麼熱愛去海邊了。久違地遠離城市喧囂，欣賞遼闊的地平線，確實有種身心舒暢的感覺，但問題是，有潘如翎及四大天王這樣的旅伴。

大概下午兩點左右，人們好像漸漸往我們所在的位置聚集，甚至還有幾個人向殷智皓與潘如翎要簽名。路人看到他們精緻的外貌，一定覺得他們不是普通人。

一旦人潮湧上，便沒完沒了。突破人群時，我們早已筋疲力竭，根本無力再走遠。這也是爲什麼我們會泡在海鮮煎餅店，狂吃煎餅和飯。

我以後再也不要和他們一起去旅行了。不過這種想法前幾天好像也出現過……我前不久才想著「絕對不要和他們變熟咧」或「我死都不要和潘如翎一起去游泳池」等等。

還有前幾天也是，啊，再更之前也是。

「……呃呃。」

我抱住頭，低聲呻吟。怎麼會這樣？仔細想想，過去這三年，我幾乎天天都有這種想法！那就是——不能和潘如翎與四大天王扯上關係。可是我現在甚至還跟他們一起去了畢業旅行，到底在搞什麼啊！

我把頭埋進枕頭裡，無聲吶喊。接著有人敲了敲我的房門。我還來不及回應，門就打開了，是潘如翎。

我茫然地眨了眨眼，潘如翎緩緩走來，坐在床邊。她開口問道。

「妳在幹嘛？」

「沒啊，躺著想事情。」

「想什麼？」

潘如翎眨了眨烏黑的大眼看著我。要是我老實說出我這三年都在想著要擺脫你們，妳應該就笑不出來了吧？思及此，我無聲地以微笑應付過去。

如果是平常，潘如翎應該會深究，但可能是真的太累了，她就沒再追問我。她起身關了燈後，躺到我身邊。不過幾分鐘，我就聽見身邊傳來淺淺的呼吸聲。

我默默地眨著眼，凝視著一片漆黑。轉頭望向身邊，窗戶透進來的微弱光線，正朦朧地照射著潘如翎的臉龐。

高挺的鼻尖、小巧的鵝蛋臉、像娃娃一樣纖長濃密的睫毛，每次看到她的臉蛋都會不自覺地讚嘆。盯著盯著，我也安靜地閉上雙眼，沉沉睡去。

國一剛開學時，爲了遠離潘如翎，我做了各種努力。

與我的現實生活唯一不同的就是隔壁住著潘如翎與潘如檀，既然如此，只要把他們倆踢出我的人生，應該就能安然無恙地回歸正軌了吧？

其實我一開始的確迷上了潘如檀。他擁有白皙的肌膚、一頭反射著紫色光芒的黑髮，以及深邃如黑曜石的雙眸，簡直就是國寶級美少年，而且更魅惑人心的是，他禁慾又性感的氣質。一個十五歲的少年竟然連指尖都流露著性感，不用想也知道，他長大以後會多有魅力。每每看見潘如檀，我都努力地不讓口水流滿地。

但不管他多有魅力，眼裡也只有潘如翎，所以我再怎麼癡心妄想，他的女友有可能會是我嗎？不可能。

大概，就算他接受了別人的告白，和對方交往，女友的寶座也肯定坐不到一週就下臺。因爲除了潘如翎，他眞的對任何事物都不在乎。

我在潘如檀眼中，看到的也都是漠不關心的眼神，眞不愧是女主角的哥哥。每次見到他，我都忍不住在心裡爲他鼓掌。

話就說到這，總之不管是潘如翎還是潘如檀，都沒辦法吸引我。的確，潘如翎長得漂亮又會念書，個性也很好。這是事實，可是那又怎樣？

如果要跟她當朋友，我就得假裝很瞭解她，假裝記得與她的過往。我爲什麼要爲了她演戲？累死人了。

我抱持著這樣的想法，躲著潘如翎，努力地對班上其他同學伸出友誼之手。來，先細數一下，一年四班總共三十四個人。三十四，明明人數也不多，好笑的是，這三十四個人分成了好幾個小團體。教室裡的人際關係本來就是如此。

總之，女生們會找一兩個合得來的朋友，在尋找的過程中漸漸擴增人脈，最後形成十人左右的團體。

男生也一樣，但男生通常不像女生會私下交友，而是在操場上或是透過下課踢足球、打籃球的比賽中搭起友誼的橋梁。

相較之下，女生比較麻煩，會分派系。當然她們表面上不會表現出來，可是私下便是如此。硬要形容的話，就是「放學後會一起玩的朋友」。

我和潘如翎所屬的團體較爲溫和，對打扮沒什麼興趣。我就將這個派系稱作溫和派吧——其實沒什麼意義。接著還有一個以叫做白茹敏的女孩爲首的派系，她們喜歡看雜誌，也對藝人充滿興趣。我將她們稱爲激進派——當然，也沒什麼意義。

我花了兩個月的時間掌握教室裡的勢力分布。不對，劃分勢力的行爲也耗費了兩個多月。

不知不覺，時間來到了五月，窗外吹來的風參雜著花香，偶爾會有幾片花瓣飛進來，落在書桌上。約莫下午兩點的歷史課，我靠在課本上隨手塗鴉。

班上的座位分配方式是女生和女生坐、男生和男生坐，因此男女之間的氣氛還是有點拘謹。

坐在我旁邊的激進派之一——鄭宥蘿手撐下巴打著盹。我看了眼她修剪平整的指甲，猛然發現歷史老師的目光往這裡瞄，於是輕輕地拍了她。

她睡眼惺忪地看向我，我用下巴示意前方。於是她點點頭，拍了拍自己的雙頰。我噗哧一笑，再次看窗外。

突然有人戳了戳我的手臂，我轉頭一看，是鄭宥蘿。她哭喪著臉，用自動鉛筆敲敲書桌。我低頭看著書頁的角落，笑了出來。

我好睏QQ

我在我的課本裡寫上。

好想叫歷史老師出去，讓我睡覺ㄎㄎㄎㄎㄎ

ㄎㄎㄎㄎㄎㄎ

我和她開始在紙上聊天。坐在我們身後的劉天英看了一眼嘻嘻哈哈的我們，又再次轉頭看向窗外。被他湛藍的雙眼一看，我的心突然泛起涼意。

我收回笑容，瞄向後方。心想，要是劉天英嫌我們的笑聲吵怎麼辦？但他卻一點反應也沒有。仔細一看，他的外套後面露出了一條白色的耳機線，而且他桌上放的並不是歷史課本，而是從報紙上剪下來的填字遊戲。

劉天英皺著深藍色的眉毛，一臉認眞地看著填字遊戲，這一幕讓我感到奇妙。在歷史課解填字遊戲，用手遮住戴著耳機的那隻耳朵的劉天英，不管怎麼看，他都不像個模範生。

我專注地看著他，直到視線再度相交。我嚇了一跳，趕緊轉頭。鄭宥蘿輕笑，用指甲敲了敲紙張。我看到她寫的字，噗哧一聲笑了出來。

劉天英真的……真的好帥……

嗯……啊，我的心臟

ㄎㄎㄎㄎㄎ差點得心臟病

ㄎㄎㄎㄎㄎㄎㄎㄎ我也是

當我再次轉過頭，劉天英已經把頭靠在填字遊戲上，陷入酣睡。

下課時間，我從學生餐廳回到教室後，便坐回位子上，但是卻不見潘如翎的人影，奇怪？過了一會兒，才看到她和劉天英有說有笑地回到教室，我不禁目瞪口呆。『什麼？這是什麼情形？』

感到震驚的人不只我，還有在班上的幾個同學，尤其是女同學們，個個瞪大雙眼看著，而下一秒，都向潘如翎投以冷冽的眼神。老實說，在我看來，此刻應該沒有人不羨慕潘如翎。

男生們通常都有一搭沒一搭地聊天，比起用言語溝通，他們更相信穩重的沉默，所以劉天英和男生比較熟。但是和女生的話，我想想，我跟他這兩個月來也只說過一次話。內容如下：

「妳喝牛奶了嗎？」

「蛤？嗯。」

「哦。」

後來我才想說，他應該是想把剩下的牛奶拿去配牛奶吸管喝，可能是喜歡甜食吧？但這也只是我的暗自猜測罷了。不覺得我們的第一次對話很莫名其妙嗎？之後我才知道，他不會問其他女生這種問題。

後來看著劉天英大口吸著巧克力牛奶的模樣，讓我愈來愈好奇，爲什他只問我這個問題？但一看到他冷若冰霜的臉，我實在是提不起勇氣發問，這件事就這樣不了了之地劃下句點。

這不過是一個月前的事。然而今天，劉天英和潘如翎親暱地一邊聊天一邊走回教室，難怪女生們會這麼震驚。

潘如翎一坐到位子上，劉天英馬上放了張紙在她桌上。他指著紙張，一臉認眞地說話。看見紙上的灰色格子，我不費吹灰之力地猜出那是「塡字遊戲」。

潘如翎也露出認眞的神情聽他說話，她拿著自動鉛筆在紙上一筆一畫地寫字。而劉天英的表情逐漸明朗，他竟然、竟然對潘如翎輕輕一笑，隨後起身離開。

他是在請教潘如翎塡字遊戲嗎？

我錯愕地看著他，他在回位子的途中看了我一眼，接著拉開椅子，坐到我身後，疲憊地趴下。

我僵硬地看著他，卻發現潘如翎一臉燦爛地往我這邊看，我猜她下一秒就要來找我了。於是我急忙搖了搖那個趴在我斜對角座位上的男孩——當時甚至還不清楚他的名字。

他睡眼惺忪地看著我，而我拿出撲克牌問他。

「欸，要不要玩抽鬼牌？」

「哦，好啊。」

對方可能是喜歡玩撲克牌吧，他搔了搔頭，撐起身子坐好。接著朝門邊那些拿迷你籃球對牆傳球的同學們呼喊。

「喂！有沒有人要玩抽鬼牌？先喊先贏。」

他一伸出大拇指，馬上就有兩個男生跑來抓住他的手。鄭宥蘿和幾個同學從後門進來，看了看我們說道。

「啊，我要玩，我也要！」

「加一，我也要玩！」

於是，我們三男三女開始玩抽鬼牌。隨著遊戲愈玩愈激烈，我們周遭也愈來愈吵鬧。我一邊玩遊戲一邊偷看劉天英，他仍然趴在桌上一動也不動。

後來有個男生突然說要去廁所，找人頂替他的位置。人群裡便有個褐髮男孩蹦蹦跳跳地跑過來，搶走他的卡片。我驚訝地瞪大雙眼。是禹宙仁。他露出可愛的笑容，拉開我們前面的椅子坐下，女生們的臉馬上紅了起來。男生們則是一臉覺得他可愛的表情。接著，禹宙仁開口。

「我替成煥玩！」

「呃，哦，好啊。」

看著他笑盈盈的模樣，我不禁放鬆了下來。然後心想，他這麼開朗，應該超級不會玩遊戲吧？抽鬼牌可是需要高水準心理戰的遊戲啊。

但不到五分鐘，我就撤回了這個想法。在男生的高聲抱怨下，我們才搞清楚狀況。

「欸，禹宙仁也太強了吧，都沒抽到鬼牌！」

「拜託，他這麼單純，哪裡強了？對吧？咕嘰咕嘰。」

旁觀的其中一人伸手摸了摸禹宙仁的頭髮，禹宙仁則是一直笑嘻嘻的。但當他褐色的雙眸金光一閃，直勾勾地看向我時，我差點就弄掉拿在手上的撲克牌。

被大家知道手上有鬼牌的那個男同學一臉哭喪地求情。

「喂，拜託抽鬼牌嘛，好不好？一次就好，求你了。」

「嗯，好吧。」

語畢，禹宙仁隨即抽出一張撲克牌。我嚇了一跳，那個男同學也呆愣地看著禹宙仁。

我聽見旁觀的同學在竊竊私語。

「喂，禹宙仁眞的好可怕。」

「怎麼說？」

「他一說好，下一秒就抽中鬼牌了，該不會是有透視眼吧？」

不管他們說什麼，禹宙仁總是笑容滿面。我看著他的笑臉，心想著，看來這小子身爲男主角的朋友，也擁有不平凡的能力啊。

後來才透過殷智皓證實了這件事，是他告訴我的。

「那副撲克牌是不是很舊，或是很便宜？」

「蛤？嗯，是滿舊的。」

「他光是看撲克牌背面的磨損就知道是什麼牌了。」

「……」

「眞的啦。」

簡而言之，就是他的記憶力異常驚人。不知情的我只能目瞪口呆地看向禹宙仁，後來我把撲克牌交給旁觀的同學，去了一趟廁所。

我在廁所遇見了白茹敏，她身邊還有個朋友，而我是自己來的，不過也沒差。

我經過白茹敏身邊，她突然面帶笑容地叫住我。

「小丹。」

「……？」

我訝異地看向她。擁有一頭棕髮的白茹敏，笑起來雖然不像潘如翎那麼美，但是也滿可愛的。

仔細想想，她的名字也不是菜市場名，該不會她是這部小說的反派吧？雖然跟我無關。

我愣愣地盯著她看，而她笑著說道。

「我們要不要當朋友？」

接著，她伸出了手。一般要當朋友會這麼直接嗎？

我心中一陣狐疑，但她的笑容看起來並不討厭，所以我也一把握住她的手。然而，這就是所謂的禍根。

我和白茹敏真的變成朋友了。硬要說原因的話，就是她的個性沒有那麼難親近，只是我們之間也不到無話不談的程度。

不過從她的行爲看來，她好像覺得我已經打開心房了，而我也認爲沒必要澄清這個誤會。然而，事情就發生在我們成爲朋友的幾天後，她來我房間玩的時候。

我家是雙薪家庭，爸媽常常不在家，因此我可以不受拘束地把朋友帶回家。潘如翎會跟我這麼熟，也是因爲這樣。她動不動就自己按密碼跑來我家——她說密碼是我媽告訴她的。

我和白茹敏玩到一半，房門突然被打開了。由於我這幾個月舉止怪異，潘如翎應該察覺到我和以前的咸小丹不一樣了。也許，她也已經知道……我不打算再繼續跟她當朋友。

她喀啦一聲打開了房門，臉色蒼白地看著我們。換作是平常，只會覺得是其他朋友來玩，沒什麼大不了的，可是現在的情況卻沒那麼簡單。

班上的女同學們在背地裡盛傳白茹敏非常討厭潘如翎，但我至今還沒聽白茹敏說過。可能是因爲她知道我是潘如翎最好的朋友，所以在我面前總是小心翼翼的。

潘如翎看了我一眼，眼裡滿是埋怨，接著憤而離去。

匡！門一關上，剛剛還盯著潘如翎的白茹敏轉頭看向我。

她坐在床邊，而我坐在書桌前的椅子上轉來轉去。她開口問我。

「妳不覺得潘如翎看起來超討人厭的嗎？」

「……」

我頓時不知道該說什麼。我並不訝異，因爲我知道，總有一天她會跟我說這種話。

我面無表情地聳了聳肩，白茹敏好像以爲我認同她所說的，語速愈來愈快。

「嘖，剛開學時我就這樣覺得了。她幹嘛那麼愛跟那些帥哥裝熟啊？她從第一天就跟禹宙仁打成一片，還一直討好劉天英和權恩亨，動不動就對他們笑。我承認潘如翎很美，而且她自己好像也知道，但也沒必要只跟那些長得帥的人混在一起吧？」

我默默地坐著聽她說，同時也思考著，潘如翎確實長得很美，但她沒有這樣吧？

其他男生因爲她過於亮眼的外貌而不敢隨意接近她，而她會和權恩亨說話，也只是因爲他們一個是副班長，一個是班長。至於禹宙仁和劉天英，則是他們主動親近她的……

這樣說來，潘如翎對待每個接近她的人，態度都非常親切。只是目前爲止主動和她交朋友的人正好都是帥哥罷了。我這麼想的同時，白茹敏又再度皺眉，繼續抱怨。

「還有，她上課的時候也超踴躍發言的欸。我知道她是第一名，可是有必要這麼高調嗎？」

我又轉了轉眼珠。

好像不是這樣吧，潘如翎只是坐著而已，是老師看大家都不回答，才點她起來的啊。硬要說的話，我也是不回答的人之一。

白茹敏每說一句話就露出厭惡的表情。然後她看了看我，開口道。

「欸，妳可以跟我一起吃飯嗎？」

「蛤？」

「妳跟宥蘿不是也很好嗎？妳、我、宥蘿，我們三個一起吃不行嗎？反正想跟潘如翎吃飯的男生有一大卡車，女生也是。」

「什麼？」

「哎喲，一起吃嘛。」

她邊說邊撒嬌地對我眨眨眼。我看著她，再次陷入感傷。明明這一刻正是我想要的啊。

擺脫潘如翎，一步步回到稱不上是朋友的關係，最後再徹底抹滅我們之間的交集。只有這麼做，才能找回我平靜的生活。

老實說，看那四個人一天到晚散發出一股了不起的氣息，我是要怎麼活？你有聽過殷智皓的笑聲嗎？動不動就噗哧、噗哧地笑，我哪活得下去？

總之，現在這個局面是我所盼望的，但當眞的實現了，卻又讓我五味雜陳，因爲潘如翎非常喜歡我。

從剛剛她一臉受傷的神情中，我深刻地感受到了。一旦我接受了白茹敏的提議……潘如翎一定會心碎。啊，當然，那四個人是不會放任女主角心碎的……

我眼神微微一動。

我將眼前的白茹敏與黯然神傷的潘如翎放在心中的天秤衡量，而秤桿往白茹敏的方向下沉。我想也是，畢竟這是我這兩個月以來的計畫。但要是答應了白茹敏，就代表我認同她剛剛所說的每句話。

潘如翎是這種狐狸精嗎？仔細思考過後，我搖了搖頭，並不是。我重新將視線看向白茹敏。一定要深思熟慮再做抉擇。

白茹敏會在我面前大肆詆毀潘如翎，就表示她徹底把我當自己人了。也就是說，要是我此刻拒絕了白茹敏，我和她的友情也到此結束。嗯，再思考一下。

『潘如翎沒有白茹敏說得那麼差勁又怎樣？跟我無關啊。可是一想到她受傷的神情……』呃呃嗯，我眉頭緊蹙。

白茹敏神經質地催我。

「欸，妳還要考慮喔？」

「唉……不行。」

「什麼？」

她驚訝地看向我。唉，我是怎麼了？可是一想到潘如翎受傷的眼神，我就無法接受她的提議。

這兩個月觀察下來，我知道潘如翎不是那種壞女人。她並不是那種，應該被我傷害的壞女人。

我對她說道。

「潘如翎好像沒妳說的那麼差。」

「什麼?!」

「抱歉。」

白茹敏一聽到我這麼說，馬上收回了笑容。她冷冷地瞪著我，而後憤怒地走出房間。看著她大步離去，我知道，我們不會再說上一句話了。

等到她的背影消失在走廊盡頭，我隨即走向潘如翎家。敲了敲門，卻沒有回應。是裝作不在家吧？我對門鈴大喊。

「喂，潘如翎！潘如翎！」

還是沒有任何回應。令人難挨的沉默使我緊握著拳頭，下一秒就聽到門的那頭傳來低沉的嗓音。

那個聲音讓我嚇了一跳，是潘如檀。他的回應很簡短。

「如翎睡了。」

「應該還沒吧？如檀哥，我有話要跟如翎說，是很重要的話！」

「喀啦」，我剛說完，就傳來了開門的聲響，我從縫隙中擠了進去。一到玄關，如檀哥就站在我面前。他穿著白色T恤與灰色運動短褲，露出白皙又光滑的腿。

我失神地盯著他的腿，卻被他冰冷的嗓音拉回現實。我抬頭看他，他的眼神流露著寒氣。

「是妳弄哭如翎的嗎？」

「……因爲她誤會了。」

「她不是會無端誤會別人的人。」

「對，是我的行爲讓她誤會了，我有罪。」

我兩手一攤，承認錯誤。意外的是，潘如檀沒再瞪我了。他將我帶到潘如翎的房門前，敲了幾下並開口說道。

「如翎，妳朋友來找妳了。」

他溫柔的嗓音總是讓我不習慣。我搔了搔手臂，聽見潘如翎用哭腔答覆。

「沒有朋友會來找我。」

這句話讓我目瞪口呆。哇，潘如翎眞的氣壞了。今天換作是我，如果看到我最好的朋友和講我壞話的人在一起，一定也會生氣，而且她們倆看起來感情還好得不得了。

潘如檀瞟了失魂落魄的我一眼，我馬上回神並敲了敲門，尷尬地開口。

「潘……不對，咳咳，如翎！如翎，我們可以談談嗎？」

我差點就跟心裡想的一樣，直呼她「潘如翎」了。門內沒有任何回應，下一秒卻突然被打開，從後方出現的烏黑長髮凌亂無章，差點讓我嚇破膽。然而受到驚嚇的不只我，還有潘如檀。

連他也嚇到了，就代表此刻的潘如翎眞的很像恐怖電影裡驚現的女鬼，而且她房裡的燈還沒開。

她舉起手揉了揉眼角，兩眼通紅地問我。

「談什麼？」

「我、我已經跟白茹敏斷乾淨了。」

由於太過驚嚇，我直接開門見山地說了。不過這樣說，好像我跟白茹敏在交往一樣。我感覺臉頰一陣刺痛，轉頭一看，才發現是潘如檀正用異樣的眼光看著我——看來不只我這麼覺得。

他內心一定是這麼想的：白茹敏？這傢伙究竟是誰，竟敢把如翎惹哭？爲了不讓他懷疑，我急忙接續說道。

「白茹敏說妳壞話，所以我跟她絕交了。」

「……」

潘如檀好像還搞不清楚狀況，但一聽到「壞話」二字，眼神突然銳利了起來。

潘如翎呆呆地站在我面前揉著眼睛，然後她走出幽暗的房間，緊緊抱住我。

那天，潘如翎痛哭失聲。至於她哭得有多慘？就是慘到潘如檀這樣安慰她：再哭下去，妳的喉嚨就要永遠壞掉了。見潘如翎的表情變得明朗，我不禁心想，跟她當朋友，也許也不賴。

與潘如翎疏遠了兩個月的關係，就這麼奇蹟似的復原了。不對，準確地說，是我開始接受她猛烈的示好，並且給予回應。

我在這幾個月中交到的一個男性好友看著我們，露出肉麻兮兮的表情。

「妳們是在交往嗎？」

潘如翎一臉驕傲地勾著我的手，而我露出驚恐的表情。那個男生目光閃動，隔天的黑板上就寫著「潘如翎♡咸小丹」。班導困惑地問那是什麼，於是我就被所有人取笑了。

然後，又過了平靜的一個月。劉天英還是一樣，只要遇到不懂的邏輯、數獨、填字遊戲，就會拿來問潘如翎。權恩亨在換座位之後搬到了我們前面，他和潘如翎也因此變得熱絡，而且劉天英與權恩亨就和殷智皓與禹宙仁一樣，從小就是好朋友，所以他們倆很常聚在我們的位子旁邊。

有時候，劉天英和權恩亨會用充滿好奇的眼神看著我。我偶爾會簡短地回應他們，但是並不會加入他們的對話。

後來，我們考了期中考，校排第一是潘如翎，第二則是殷智皓。殷智皓又憤恨不平地跑來挑釁潘如翎。

「你看，誰讓誰還不知道呢。」

潘如翎自信滿滿地回嗆他，他和禹宙仁則在潘如翎身邊吵吵鬧鬧的。就這樣，時間來到了五月底。

我一進到教室，就聽見白茹敏高亢的嗓音。

「……煩死了，咸小丹眞討厭。她看到潘如翎身邊一堆男人，就想貼上去分杯羹。哼，還眞是名副其實，長得也跟香丹一模一樣。」

香丹是春香的丫鬟，這是當時課本教的，所以班上同學都知道。我繃起臉盯著她看。而她看到我走進教室，頓時慌張了一下。

仔細一看，白茹敏正在和兩三個圍繞在她位子旁的同學聊天，好險那幾個人當中沒有鄭宥蘿。應該是午休時間在嚼舌根，才會提到我的吧。我猜在這之前，她已經酸過潘如翎了。

問題是她嗓門實在太大了，除了那些在教室門邊玩籃球的男生，還有獨自在座位上解題的同學全都在看她們。

我連忙制止站在我身旁，氣得想衝向前的潘如翎，接著望向白茹敏。而她看了我一眼，隨即揚起嘴角笑了笑，開口說道。

「心虛啦？她就眞的長得跟香丹一樣啊。」

「喂，妳幹嘛啊？」

「是要戰起來了嗎？」

等到我倆的氣氛變得劍拔弩張，周遭的同學才開始勸阻。我毫不在乎，只是一直盯著白茹敏看。我認爲不管對方是在背地裡，還是當著我的面說我壞話，重點都不是我本人出聲反駁。吵架最重要的就是輿論。意思就是，只要有第三者跳出來說：「她說得太過分了。」那事情就解決了。

要是我平時做人失敗就算了，但我和班上同學大部分感情都不錯，所以能夠替我說話的人不在少數。應該很快就會有個女同學或男同學站出來說：「喂，白茹敏，妳這話太過分了吧。」

我靜靜地看著白茹敏，要是我當場反駁，她一定又會抓我的語病繼續找碴，這樣就很有可能會打起來。

一旦發展成打架，不管是誰先起的頭，兩個人便是同罪。然後其他同學就會對我們留下不好的印象，這並不是我想要的。

『快點，趕快站出來吧！』我看著白茹敏，內心不斷催促著。這時，突然有個人從一旁走了出來，站到我身邊。我抬頭一看，便看到在陽光反射下，一頭如楓葉般鮮紅的頭髮，不禁嚇了一跳。

據我所知，全校只有一個人擁有紅髮，那就是權恩亨。他冰冷的視線看著白茹敏，開口說道。

「白茹敏，妳話說得太過分了，快道歉。」

「……」

連我都沒看過權恩亨這種冷酷的表情。這種壓迫感，連在一旁的我都感受到了，白茹敏怎麼可能承受得住？

不久後，慌張的她開始遭受四面八方的譴責。

「欸，對啊，本來就不該批評別人的長相。」

「潘如翎跟小丹不是從小就是朋友嗎？」

「白茹敏，妳幹嘛亂攻擊別人啊？」

白茹敏淚眼汪汪地向我道歉。通常會在背地裡說別人壞話的人，都不是什麼好東西。我瞄了她一眼，點頭示意，再轉頭看向權恩亨。

他正轉身要回座位，察覺到我的眼神後，露出了困惑的表情。我還是第一次直視他灰綠色的眼眸。

我不曾和權恩亨講過太多話，即便他是四大天王裡看起來最親切的人。要說最大的原因，應該是他對我來說太有負擔了。

我吞吞吐吐地，好不容易才開口。

「謝、謝謝。」

他瞪大眼，彷彿有些驚訝，卻馬上對我淺淺一笑。充滿春意的金黃暖陽籠罩著整間教室，看著在陽光裡微笑的權恩亨，我突然明白爲什麼大家會對四大天王如此狂熱了，眞的、眞的好帥。

權恩亨猶豫了一下，伸出手摸摸我的頭，溫柔地笑著對我說。

「不客氣。」

「……」

「要是又有人叫妳『香丹』，就跟我說。」

語畢，他便毫不遲疑地走回自己的座位。我凝視他遠去的身影，愣愣地撥弄我的瀏海。

哇，殺傷力好強。

★

那天，是我這輩子第一次羨慕潘如翎，那個被不治之症與失憶的威脅纏身的潘如翎。

當我睜開眼時，已經是黎明。微弱的晨光從窗縫中照映著潘如翎蒼白的臉龐，我看著她，輕輕地摸了摸額頭。

好久沒夢到從前了，那時是遇到潘如翎沒多久的時候。『啊，竟然已經過了三年。』

我頓時失笑。

要是我當初沒有在白茹敏面前替潘如翎說話，那現在的我就能得償所願，遠離潘如翎和四大天王嗎？雖然無從得知，但也許會是這樣的吧。

突然，我詫異地眨了眨眼。話說回來，我是被吵醒的嗎？不曉得。總之，我早早就睡死了，而且睡得又深又熟，現在也不想再睡了。

『要起來嗎？還是要再躺一下？』正當我猶豫的時候，身旁傳來淺淺的呻吟。啊，我會在這時醒來，應該是因爲潘如翎的關係，誰叫我耳朵太靈敏。她雙唇逸出微弱的聲音。

「……沒有。」

「……」

我稍微翻身後，用手臂撐起上半身，低頭凝視著熟睡的潘如翎。接著，潘如翎又再次開口。我安靜地傾耳細聽。

「沒有……我不是那個意思……」

她痛苦地緊皺眉頭。我下意識伸出手撫平她的眉心，而潘如翎仍不斷低語。

『哎，這樣會長皺紋的。』我不停輕撫她的眉間，在聽到她說的話時，我停下了動作。

「小丹。」

「……」

「小丹，別走……」

我盯著她許久，甚至忘了呼吸。她已經不再皺眉，雙眼卻仍不安地動著，彷彿很痛苦。她的雙頰抽動，我看見她睫毛滲出濕潤的淚水，不禁吞下一口嘆息。無助的我在一陣慌張過後，默默地抓住她的手。她原本像風中殘燭般微弱的呼吸聲，也漸漸地變得平穩。

由於不知該如何是好，我只能靜靜地牽著她。最後，潘如翎也安靜了下來。

我一直牽著潘如翎的手，然後重新躺平並看向天花板。看來不能留她自己一個人在床上了。我的思緒一片混亂。

我又轉頭看了看潘如翎，現在的她睡得香甜，不再說夢話了。飽滿的額頭到挺翹的鼻尖，連成了優雅的弧度。

我心想，『她還眞是個大美人。』

不但長得漂亮，還很聰明，即使沒在念書，也連續三年都是全校第一，而且還有一堆帥哥喜歡她。如此人人稱羨的潘如翎，竟然也有屬於自己的痛苦。我第一次察覺到這件事，就是因爲白茹敏。

我暗自心想，如果我什麼都不知道……什麼都不知道的話，應該就能像其他女生一樣不屑地看著潘如翎，嘴裡酸著：「她是怎樣？羨慕忌妒恨。」然後離她而去。這樣我們就不會成爲朋友，我也能夠放開她的手了。

她的哀求聲聽起來格外脆弱，於是我緊握著她的手微微施力。我凝視著她，突然看到在皎潔的光照射下，月曆上的「20」顯得特別鮮明。

二月二十日，冬天與春天的交界，到了這個時期，我總是分外憂鬱。原因並不是對新學期感到悸動與緊張，而是三月二日對我來說，是天翻地覆的一天。

三年前的我，並不害怕這個世界改變，反而還希望世界趕快變回原樣，讓一切回歸正軌。潘如翎也是，最好趕快從我面前消失。

我沒道理要跟她當朋友。我根本不知道以前的咸小丹和潘如翎是怎麼相處的，也不知道她們之間說過什麼話、彼此對什麼有興趣，甚至也不知道她喜歡哪首歌、哪部電影……

其實我最害怕的是另一件事——我怕萬一，我真的敞開心房把潘如翎當朋友之後，她又消失的話怎麼辦？所以我對她是絕對不會放真感情的。

然而，我真的把她當「朋友」，其實也才不過一年，而且潘如翎至今仍受到當時的影響，對我的情緒變化非常敏感。她好像很怕我又像之前那樣，突然裝作不認識她，或是突然遠離她。

我翻過身，面對牆壁將雙眼緊閉，手裡仍牽著潘如翎。

看來我們擔心的是同一件事。不管是我還是潘如翎，都怕自己被單獨留在原地，只是我們都沒辦法告訴對方而已。

於是，我又將她的手握得更緊了。我想，不論以前的我是怎麼想的，現在都已經無法挽回了。

網路小說的法則

My Life as an Internet Novel

第3條

散發清香的男子

時光荏苒，距離高中開學只剩四天。我難得地早早就醒了，才剛下床，便馬上用腳趾按下電腦電源，然後一邊刷牙一邊點擊滑鼠。

只要放假，我幾乎都過著這種生活。一起床就用腳趾開機，不是上網就是看搞笑照片看到捧腹大笑，玩累了再躺回床上補眠。

沒錯，一放假我就會化身成完美的廢人，偶爾有約的時候才會出門。

我睡眼惺忪地瀏覽著NA〇ER首頁，今天也沒什麼特別的。在一陣眼花撩亂之下，我的視線停在即時搜尋榜第七名。

「咦？」

不會吧？不可能，一定是我看錯了。我閉眼再睜眼兩三次，眼前的畫面還是沒變。哎呀，怎麼可能……我臉色發白地喃喃自語。

又不是只有一個劉天英，地球這麼大，叫這個名字的人一定很多，哈、哈、哈。

雖然我試著說服自己，但心頭仍像梗著刺。明明已經早上八點了，窗外卻還是如夜晚一般漆黑，跟我現在的心情一樣。

我掉進這個世界後，發展出的唯一一項長才，就是嗅出危機的直覺堪比超能力。

當我對某件事感到不安時，百分之百都會出事。我不願確認眞相，只能揪著頭髮、咬著指甲。最後，我垂下肩膀，將游標移到「劉天英」上頭並點擊。

下一刻，白色的螢幕上出現了各種華麗的視窗。我直勾勾地盯著電腦，發出一聲低沉的呻吟。

「嚇！」

一開始我只覺得傻眼，後來我覺得完蛋了，接下來我想，應該要轉學才對。

最先出現在畫面上的，正是歪斜地戴著黑色紳士帽的劉天英。

他就像十九世紀的英國紳士，戴著紳士帽，穿著黑色西裝，輕靠在單調的米色牆上，一腳微微向內勾，擺出L型的模樣。

他一手撐在放有花瓶的小茶几上，身旁則掛著一幅以金框裝飾的普普藝術風作品，混合了粉紅色與天藍色，色調強烈又和諧。

照片裡的每個要素都充滿個性，尤其是黑色紳士帽非常適合劉天英白皙的臉蛋，而且他的雙頰彷彿塗了腮紅，和花瓶裡的花相互呼應。

即便每天都看著這張臉，我還是無法輕易將視線移開。光憑他的長相，就能讓人看到出神。我盯著電腦，不禁心想，『眞不愧是小說，不然現實世界中哪有人長這樣。』

我看著劉天英名字下方列出的經歷，他合作過的品牌都是赫赫有名的大公司，甚至還曾經和一些知名藝人一起拍過照。我一個字一個字地詳讀，這才發現自己眞的太不瞭解身爲模特兒的劉天英了。

但是我也不想瞭解。總覺得愈是瞭解他，就會愈覺得他不像眞實世界的人。

一個月前，我們也是因爲這樣才吵架的。其實這也是最根本的原因，他太不眞實了。我們之間就等於小說與現實之間的距離。

我撐著下巴，呆呆地看著螢幕裡的劉天英，床上的手機突然嗡嗡作響。我愣了一下，就急急忙忙地衝去拿手機。手機螢幕上顯示的竟是「劉天英」本人。

我一屁股坐到床上，看了一眼手機後，重新將視線轉向電腦螢幕裡的劉天英，然後又看回了手機。

此刻占據搜尋排行榜第七名的紅人竟然打電話給我？雖然令人難以置信，但這是眞的，手機已經振動了至少六次。

我搔了搔後腦勺，最後還是打開了手機翻蓋。劉天英跟禹宙仁不一樣，不會因爲無聊就打給我。

我聽到短暫的呼吸聲，然後是他特有的毫無起伏的語調。他一聽到我接電話，便急促地問道。

——妳醒了？

「呃？嗯……」

我支支吾吾地回覆他。劉天英應該是想問我：「妳是接到我的電話才醒的吧？」但我才起床不到五分鐘，所以其實是差不多的意思。

可是下一秒，劉天英彷彿安心了似的鬆了一口氣。『奇怪？我才剛起床算是好事嗎？』我不禁蹙眉，而劉天英則用他淡淡的嗓音說道。

——我可以拜託妳一件事嗎？

「會很難嗎？」

空氣頓時一陣沉默，迎來的是比平常更低沉的嗓音。

——我不確定。

「什麼事？」

我一邊問他，一邊躺到床上，任由褐色的頭髮四散。劉天英抓著手機，安靜了好一陣子。

有這麼難回答嗎？我躺著動了動目光。劉天英對我來說，是這部網路小說的人物之中，最正常的角色。

既然他會來拜託我，那一定是很重要的事吧？在我思考的同時，他仍然默不作聲。我滿不在乎地開口。

「好、好吧，你不用跟我說難不難，我答應你就是了，但是你之後也要答應我一件事喔。」

——好，說定了。

「那你要我幹嘛？」

——電腦……

劉天英含糊其辭地把話說完。電腦？這個意外的單字讓我皺起眉頭。他又說了下去。

——從現在開始的三個小時，妳可以不要上網嗎？

「……？」

我躺在床上，微微抬起頭看向電腦螢幕。畫面裡戴著紳士帽的帥氣劉天英仍用深邃的眼神緊盯著我，那雙湛藍的眼眸讓人心臟漏跳一拍。

『該告訴他「我已經開了」嗎？』我內心掙扎著，但在聽見劉天英認眞的嗓音後，我決定不告訴他實情，而是答應他。

「哦，好吧。但是我會無聊耶，那要幹嘛？」

我笑嘻嘻地假裝抱怨，但其實不上網也不是沒事可做。畢竟去隔壁潘如翎家也行，或是去客廳坐著看電視也好，我只是想再逗逗這個難得慌張的劉天英。

令人意外的是，劉天英彷彿是在等我問這個問題，他回應道。

——我現在去找妳。

「……」

『Pardon?』我在內心反問，而劉天英又再回答了一次。他的嗓音平淡，好像沒意識到自己說的話影響有多大。

——我陪妳打發時間就好了，我馬上換衣服。

「呃，蛤？」

我慌亂地彈起身子，並盤腿坐在床上。怎麼突然要來我家？而且只是爲了陪我打發時間？看來他非常不希望被我發現自己上搜尋排行榜這件事。

原本想跟他說沒關係，我看昨天沒追的搞笑節目重播就好，但是劉天英接下來說的話，讓我打消了這個念頭。

——要不要買東西過去？

「……」

雖然不太清楚，但聽說劉天英家有錢的程度不輸殷智皓家。前幾天我才知道殷智皓家有自己的飯店，然而就算不知道劉天英的家世背景，也知道他爲人慷慨。

仔細想想，劉天英從頭到腳的行頭沒有一樣不是名牌。與其說他有品牌迷思，不如說是家裡給什麼就穿什麼，才會變成這樣。

對吼，劉天英很有錢。我壓抑住上揚的嘴角。

「呃……我……吃貴的……」

——貴的什麼？

我吞吞吐吐地開口，劉天英隨即打斷我的話，回問道。眞不愧是在這部小說負責「--」的人物。手機那端傳來快步走路的雜音，聽起來他已經穿好鞋子了。

幾經猶豫之下，我說道。

「一整塊提拉米蘇。」

不是一片，是一整塊。

聽到我說的話之後，劉天英沉默了不久便掛斷電話，甚至沒跟我說他知道了。

我闔上手機，坐在床上發了好一陣子的呆。搞什麼啊？現在是怎樣？要求一整塊提拉米蘇是不是太過分了？早知道說一片就好了。不對，所以他到底有沒有要來我家？

我慌張得不知所措，接著決定要平常心看待。管他來不來，我還是做我自己的事吧。我搔了搔頭，從床上起身，慢吞吞地走向電腦椅。

我一屁股坐了上去，把游標向下移，才知道爲何劉天英會登上搜尋排行榜。偌大的新聞標題映入我的眼簾。

充滿神祕氣息的人氣男模劉天，本名劉天英……真實身分為渤海集團會長之子。

我撐著下巴喃喃自語，這部小說還眞有事。

劉天英不但有臉蛋又有腦袋，還格外喜歡玩需要動腦的解謎遊戲，然後又擅長運動。聽權恩亨說他連打架也在行，在我看來，他是男主角的朋友，十項全能也是應該的。

但是他竟然不是*社長的兒子，而是*會長的兒子，甚至還是人氣模特兒……

眞不愧是小說。我坐在電腦椅上轉來轉去，一邊呵呵笑著。這三年來我仔細思考過了，寫這部小說的人應該十五歲，大概國中二年級。

還有，作者應該是女生。爲什麼呢？因爲如果劇情是以漂亮女生爲主，那作者就會是男的；如果帥哥比較多，則是女作者。

眞是完美的推理！

我滿意地點點頭，接著將電腦關機，湮滅證據，然後起身去洗臉。既然劉天英說要來我家，那應該不是隨口說說。

我穿過靜謐的客廳，走進廁所。在橘黃色燈光的照射下，出現了一張眼下發黑的臉龐。我停下洗臉的動作，將臉靠向鏡子。

高高的馬尾是淺棕色的。我的髮色原本就比較淡，但是來到這個世界後，髮色也漸漸變得像是染過的棕色一樣，看來我也逃不過被這個世界影響的命運。

好險我的膚色比以前白多了。他們四大天王，尤其是殷智皓和劉天英的膚色堪比白人，甚至到了蒼白的程度。每次和他們並肩，我都好擔心自己會顯黑。我瞇起眼睛，仔細端詳自己的臉。

勉強端正的鼻子、稍微偏小的細長眼，雀斑消失了，嘴唇則是一般般。

我咬了咬唇、皺了皺鼻頭，再眨眨眼，然後向後退了一步。

每天和潘如翎與四大天王混在一起，都快分不清楚好看與不好看的基準了。

◎社長：相當於總經理。
◎會長：相當於董事長。

要是拿我跟潘如翎做比較，我也會毫不猶豫地說：「我是恐龍妹，最殘暴的恐龍妹。」但是跟一般人相比，我也不算差。

呃嗯。我拿毛巾擦了擦臉上滴滴答答的水後，走出廁所。

我來到昏暗的客廳，坐在沙發上，看陽臺外的天色漸亮，一邊等待著劉天英的到來。我想，他會叫我不要開機的原因，其實很簡單。

他怕萬一我知道他成了網路名人，甚至還上了搜尋排行榜，就會和他漸行漸遠。就算不是有意的，他也不希望我遠離他。

雖然我知道這是一個將美貌、家世、能力全都集中在這五個人身上的小說世界，但我也知道這就是現實。只是偶爾還是會無可奈何地感覺到自己與他們之間的差距。當你得知那個頭髮亂糟糟，面帶笑容的男生竟然是某集團會長的兒子，怎麼可能不覺得有距離感？

對我的疏遠表現得最爲敏感的是劉天英。他平常幾乎沒什麼情緒，可是卻對我保持距離的行爲極度敏感。他的敏感度甚至和潘如翎對我情緒變化的敏感度不相上下。

我會跟劉天英吵架，也是因爲這樣。潘如翎可以理解爲什麼我會和她保持距離，因爲她好像知道我之前想徹底跟她絕交，只是後來又下定決心回頭。

然而劉天英卻無法理解。

我和他是在三年前認識的，那時的我，天眞地相信我們能夠成爲普通朋友，所以他才無法理解爲何我如今才想和他保持距離。

陽臺上照進了微弱的陽光，我將雙腿跨上沙發，兩手抱住膝蓋，接著陷入了沉思。

還記得第一次見到劉天英的時候嗎？四大天王裡，我第一個碰到的就是他。

在那個豔陽高照的早晨，陽光照著他端正的額頭，那雙注視著我的眼眸，是深藍色的。當我直視他湛藍的眼眸時，內心大爲震驚。我不禁懷疑自己眼前的藍眼珠是不是幻想，還站在原地緊盯了他遠離的背影好久。現在回想起來，還眞是令人印象深刻的邂逅呢。

禹宙仁本來就笑口常開、個性隨和，所以在班上是人見人愛的角色。其實後來和我感情最好的就是禹宙仁，我們倆感情加溫的速度就像火箭噴射。他才和我聊沒兩天，就開始叫我「媽」。看他蹦蹦跳跳跑來討抱抱的模樣，我也捨不得拒絕這個稱呼。

權恩亨總是笑得溫柔，由於他是班長，所以我們有很多講話的機會——例如：權恩亨，我要去保健室。後來發生白茄敏事件，他站出來替我說話的那一刻，我就對他抱持著高度的好感了。

在那之前，我一直躲著權恩亨。因爲他的外貌花俏，不但擁有一頭紅髮，還有灰綠色的眼珠，而且看起來對潘如翎充滿好感。但後來我想想，覺得好像沒必要刻意躲著他，反正我們都是同班同學，何必把氣氛弄得這麼尷尬？

何況看這部小說的劇情，包含權恩亨在內的四位主角，八成都會和潘如翎變成朋友，而且潘如翎也不可能遠離我。所以，反正每天都會見面，當朋友也無妨吧？

簡單來說，就是當我放棄平凡的生活時，和權恩亨說話就再也不是一件充滿負擔的事了。

炎炎六月，也是舉辦運動會的季節。權恩亨坐在潘如翎前面，也就是我對角線的位子。權恩亨、潘如翎和我，一到下課時間，我們三個人常常會聊天，我也因此發現了他出乎意料的一面。最具代表性的事件如下——

「我昨天被我媽訓了一頓，因爲我吃完水果沒有馬上把果皮丟掉。」

「不丟會長果蠅啊。」

「……？」

「廚餘桶的蓋子要蓋緊。夏天容易長蟲，所以垃圾要馬上丟掉，垃圾桶蓋也要蓋好。」

我皺著一張臉，心中思考著，這根本是家庭主婦的口吻嘛，而且他還只是個十四歲的男生耶。

後來我才知道，權恩亨的媽媽在他五歲的時候就過世了，所以家事幾乎都是他一手包辦。難怪他偶爾會露出媽媽的樣子，尤其是在教訓殷智皓和劉天英不能玩遊戲成癮的時候。

權恩亨的父親是劉天英家的司機，所以他們彼此熟悉、知道對方的大小事。

雖然權恩亨說只要和劉天英變熟，就會知道他是個性不錯、溫暖的男生，但是我眞的完全無法與他培養感情。別說是變熟了，我們根本連一句話都沒說過。有可能是因爲初次見面太令人印象深刻了，也有可能是因爲他的個性太冷淡了。

其實當初班上的女生都沒和劉天英說過話。他坐在第三排靠窗的位子，每次上課只要熱到無法專注，我就會轉頭看他。彷彿這麼做，他周遭的冷空氣就會變成涼風吹向我。

他不但體育好，上臺報告也難不倒他。對我來說，他實在不像人類。可能是因爲他猶如冰塊製成的蒼白肌膚，或是他那雙湛藍色的眼珠。

現在回想起來還眞奇妙，當初竟然是劉天英主動接近我的。

某個夏天，我熱到完全不想去學生餐廳，請潘如翎去合作社幫我買披薩漢堡後，我就趴在書桌上。

幾個路過的同學敲敲我的頭，問我是不是不舒服，我說我只是太熱了不想去吃飯，他們便碎念我浪費餐費。不知道趴了多久，我熱到大概反覆了十次睡著又醒來。

夏天空無一人的教室裡，只有秒針轉動聲，還有偶爾微風吹拂，讓窗簾飄動發出的沙沙聲響。教室裡明明沒開燈，卻被陽光照得一片明亮。

我趴在課本上，臉朝向窗戶，窗外的天空湛藍無比。天氣好得誇張，我呆呆地看著眼前的景致，然後再次逸出呻吟並閉上雙眼。「好熱。」我不禁低喃。突然有個冰涼的東西觸碰到我的額頭。

『是飲料嗎？是潘如翎嗎？』我睜開眼睛，看到的卻是一隻白皙的手摸著我的額頭，讓我嚇了一跳。

男生的手和女生的手本來就長得不一樣，當我發現那是男生的手時，忍不住偷偷瞄了對方。

在我看見坐到我前方，低頭看我的人竟然是劉天英時，心跳差點就停止了。

『不是吧，爲什麼？怎麼是他？』他垂眼看我，視線所及的地方彷彿亮了起來。不久後，他說話了。

「沒發燒啊。」

『當然沒有啊。我又沒有不舒服，怎麼會發燒？』我在心裡嘟囔。撫著我額頭的冰涼手指緩緩離去，我瞇著眼睛看劉天英，他在這部小說裡負責酷哥的角色，所以才會連體溫也這麼低嗎？

即便他的手收回了，我的鼻尖還是聞得到淡淡的清香。我訝異地睜大雙眼。清爽又涼快的香味，這是什麼香？我的腦海裡瞬間浮出熟悉的條例。

網路小說的法則第5條：男主角身上一定會散發清香——例如：路過我身邊的他，散發出一股清爽又柔和的香氣。「清香……」我喃喃自語……

光是想起這條法則，我的臉就開始抽動。我咬牙切齒地碎念，「該不會眞的是清香吧？」這部小說的作者根本就是國小生。

我的臉還是不停地顫抖，於是我放棄裝睡並抬起頭來，接著嚇了一跳。

還以爲劉天英會回到自己的位子，結果他竟然還坐在前座，雙眼無神地看著我。在我的直視下，他那雙湛藍的眼看起來比平常更柔和了。

『權恩亨人呢？他們不是如影隨形嗎？』劉天英可能是會讀心術，馬上就回答了。他抬了抬下巴，指向潘如翎的位子。

「他跟潘如翎去合作社了。」

「那你呢？」

「太熱了。」

「哦……」

眞是簡短的回答。不對，他這樣已經比想像中親切了。

還以爲他只會回答我一句，或是徹底無視我。是我把他想得太過分了嗎？也對，畢竟他也是人嘛。

我對自己的想法感到有些慚愧，還以爲身爲主角之一的他，不會想和我說一句話。我點點頭，表示知道了。還想說劉天英會看我一眼，結果他轉頭看向其他地方。我不好意思地摸摸臉頰。

沉默蔓延在我們之間，周遭是令人昏昏欲睡的陽光，還有比平常稀薄的空氣。

我又再次望向劉天英。

時間一點一滴地流逝，他還是坐在我前面，沒有要起身的跡象。他一手靠在椅背上，一手拿著白色的ＭＰ３隨身聽，耳朵裡也一如往常，戴著白色耳機。

陽光照映著他的黑髮，髮絲透出鮮明的深藍色。蓬鬆頭髮下露出了端正的額頭、清晰的眉眼、堅挺的鼻梁。我直勾勾地盯著他，忍不住心想。

『奇怪，他怎麼不回座位？』

下一秒，他似乎察覺到了我的視線，便轉向我。湛藍的眼眸仍然讓我的心撲通撲通地跳。

『怎、怎麼了？不能看你嗎？』我膽小地想這麼回應他，但他突然把塞在右耳的耳機拿了下來。

然後遞給了我。我眨了眨眼，聽見他開口問道。

「要聽嗎？」

「……」

當時我根本沒時間猶豫聽不聽，整個人就像是被迷惑般地伸手接過耳機，然後塞進耳朵裡。耳機裡傳來的音樂是我也熟悉的歌曲——聯合公園的〈faint〉。

那是首強調吉他伴奏的重搖滾歌曲。他一天到晚安安靜靜的，沒想到竟然都在聽搖滾樂？我驚訝地看著他，他可能是覺得我的表情很奇怪，便聳了聳肩，打算把耳機拿回來。

我舉起手制止了他。

「等、等等。」

「……？」

「我喜歡聯合公園。」

一聽到我這麼說，劉天英稍微瞪大了眼睛。在豔陽高照的夏日裡，他細長的眼眸微微彎起，朝我露出了一個像是微笑的表情。

由於太過細微，要說是微笑還算勉強，但以他平時的表情來說，那確實是個微笑。

我和劉天英開始討論聯合公園，還互相推薦歌手、歌曲。從合作社回來的潘如翎與權恩亨看到這一幕，也理所當然地面露狐疑。呃，班上大部分的同學看到劉天英和我說話的樣子，就像看到羊和狼在討論事情一樣，大爲震驚。

後來我把劉天英毫不拘束又主動地將耳機給我的事告訴權恩亨，他則一副不意外的樣子，溫柔地笑著說。

「應該是他本來就滿喜歡妳的吧。」

「……？」

「幹嘛一臉被雷劈到的樣子？我沒在開玩笑啊。」

可能是我的表情太好笑了，他不禁失笑，輕拍我的瀏海。我轉頭看向劉天英。我們的視線一交會，他便聳聳肩，露出一個「有事嗎」的表情。我再度將視線轉了回來。

硬要算的話，假設我和潘如翎變熟的速度是五，那和劉天英的速度就是一。我們的步調緩慢，卻以最理想的方式在前進。

★

在我和劉天英以恰好的速度變熟後，國中一年級的某個夏天，那時已經考完期末考，教室前方的電視機播著恐怖電影，眾人正在享受自由時光，而我和劉天英坐在後面聽音樂。

當時班上還有男男一桌、女女一桌的風氣，但對我們來說不成問題。因爲在那個能夠吹到微風的陰涼角落裡擺著五張桌子，禹宙仁躺在上頭懶洋洋地睡著午覺；還有人用五張椅子圍成一圈，玩著卡牌。簡而言之，教室的座位根本就亂成一團。

我還記得那天雖然是夏天，卻吹起陣陣強風。禹宙仁一臉平靜地躺在置物櫃前，他淺褐色的頭髮在強風吹拂下飄蕩在臉龐。

教室非常漆黑，幾個同學看著殭屍電影，發出逼近笑聲的慘叫。一陣混亂當中，我和劉天英怡然自得地坐在最後面，靠在桌上聽著音樂。

身爲正副班長的權恩亨和潘如翎，爲了剩沒幾天的夏季校外教學問題前往教務處，不在教室裡。看著昏暗的教室，聽著慘叫與笑聲，我轉頭看向隔壁的劉天英。

他深藍色的髮絲柔順地落在白皙的額頭上，垂下的睫毛透著藍色光芒。眼眸則像冰一樣湛藍又清澈，微弱的光線照映出他優雅的側臉弧度。

我不禁看得如癡如醉，接著回過神來，「啪」一聲打了自己的臉頰。劉天英彷彿被這個聲響嚇到而轉頭看我。他剛剛應該在睡覺。

他回過頭從抽屜裡拿出課本，把臉朝向我將頭靠在上面。我傻眼地問他。

「你知道那是誰的課本嗎？」

「不知道。」

如他所說，現在這種情況下，要知道自己坐的是誰的位子，就像要看出禹宙仁身下的五張桌子是否有我的一樣，難之又難。

劉天英可能是覺得不耐煩，稍微睜開眼又再次闔上。他充滿睡意地嘟囔。

「睡吧。」

我低頭看著他，想問他都不怕臉上的油沾到別人的課本嗎……但看到他零毛孔又柔嫩的肌膚時，便收回了這個問題。

那小子又不是我，睡個覺怎麼可能會出油。不對，就算出油了，要是那本課本的主人是女生的話，一定會被她當成傳家之寶——至少我也會這樣，那可是劉天英趴過的課本！

我錯愕地盯著熟睡的劉天英，突然也感覺睏了。

我不停地打著盹，後來也開始翻抽屜。拿出來的課本字跡端正，上頭的人名正是潘如翎。

耶，運氣眞好。我暗自竊喜，接著毫不猶豫地將臉靠在翻開的課本上。

一趴下來，才發現劉天英和我就像是在面對面睡覺。我直盯著距離自己不到五十公分的劉天英，就在我無聊地打算找出他的毛孔時……

遠方傳來了聲音。吵鬧聲愈來愈大，最後騷動來到了我們班前面。彷彿有不速之客上門似的，好不容易專心看電影的其他同學一個個抬頭看向門邊。

在這之中也包含殷智皓，他一臉不耐煩地看著後門，也沒問其他人一聲，便大步向前，打開了門。

不出所料，站在門外的正是嗓音高亢的女學生們，看她們名牌的顏色應該是學姐。她們個個瞪大雙眼，不斷地偷瞄殷智皓，唯獨有個女生沒被他迷倒。

那個女生害羞地垂下視線，又往我們這偷偷看了一眼。她看的正是趴在我隔壁，睡得香甜的劉天英。

此時我才發現她要找的原來是劉天英，同時，只要有眼睛的人都看得出來，她想找劉天英做什麼。

我再轉頭面對劉天英。這兩個月相處下來，我已經知道，一旦他睡著，地震都搖不醒。證據就是，即便此刻教室前發生了騷動，他仍然沒有睜開眼睛。

我伸手搖了搖他的肩膀，他還是沒有反應。「呵。」殷智皓看著我，露出了難得的笑容——雖然他現在變得很愛笑，但三年前的他其實並不常笑。

同學們饒富興味地將目光投注在我們這，我又用力地搖了搖劉天英。他還是沒反應。

『喂，劉天英，快起來！』是不是要揪住他的頭用力晃，他才會醒來？正當我把手伸向那張俊俏的臉龐時……

不知何時走進教室的那位學姐擋下了我的手。我轉頭便發現她正用冷冽的眼神看著我。她的表情像是在說：「妳憑什麼碰他？」看來這個高二學姐眞的是來向劉天英告白的，我猜的沒錯。

她的眼神讓我反感，我直盯著她，然後收回了手。這時，劉天英睜開了眼睛。

他緊皺著眉頭，挺起身子，一臉被吵醒很不高興的樣子。他抬起頭，先是看了我一眼，再看向我前面的那位學姐。我想他應該搞清楚現在是什麼情形了。

他泰然自若地起身，開口說道。

「出去說吧。」

他用平淡的嗓音說出這句話，並把耳朵裡的耳機遞給我。我糊里糊塗地收下，然後慌慌張張地看著劉天英，再將視線轉向學姐。她死瞪著我，彷彿想把我吞了。

即使劉天英說要出去談，學姐仍狠瞪著我，不肯離開半步。走在前頭的劉天英在後門停下腳步，直勾勾地看著她。

怎麼了？他們倆之間彌漫的氛圍非同小可。班上的同學們全都坐在位子上看著他們，在三十多雙眼睛行注目禮的那一刻，學姐緩緩地開口。

「不用。」

「……？」

劉天英沒說話，只是無聲皺眉。學姐用力地喘了口氣，彷彿是在給自己勇氣一般，接著說道。

「我要在這裡說。」

「……？」

劉天英又露出了困惑的眼神。而屁股黏在椅子上，聽著他們對話的我們也一頭霧水。

我眨了眨眼，她要在這裡說？告白這種私人的事，不適合在這裡說吧？現場有這麼多人在看耶。

啊，該不會，是因爲……？

我緊張地無聲嘸下呻吟。

學姐刻意挺起胸說道。

「天英，我喜歡你，跟我交往吧！」

沉默瞬間籠罩呆坐在原位的同學們。在後門探頭探腦的學姐們，則是興致勃勃地看向教室裡。

一片寂靜中，站在後門附近的劉天英一句話也沒說。被灰暗包圍的他彷彿僵在了原地，許久沒有動作。

終於等到他開口，最先逸出的是一聲嘆息，而後他回應道。

「抱歉。」

站在我前方的學姐默默地皺著一張臉。只要看到劉天英被她告白時的臉色，不管是誰都能猜到他的回覆會是什麼。『他看起來對學姐一點好感都沒有。』我心想，同時看向劉天英。

他的臉色蒼白，雖然本就是蒼白的，但是現在看起來又更疲憊了。我大概能猜到他在想什麼。

學姐緊咬著唇，下一秒，她尖銳的嗓音說道。

「為什麼？你討厭我嗎？是嗎？」

「……」

「別不說話啊！你就這麼討厭我，恨不得在大家面前拒絕我嗎？」

她氣急敗壞地獨自大吼大叫。我緊盯著眼前的光景，陷入一種微妙的恐懼。

這種感覺就像是在看電影，一點都不現實。感到害怕的同時，又覺得悲傷。也許是知道這種情形將來會重演好幾次，所以才更為難過吧。

這時候，劉天英開口了。

「對不起。」

話是這麼說，但他看起來一點歉意也沒有。表情跟平時一樣冷淡，不過眼神卻明顯變得深邃了。「他累了。」我無聲地嘟囔著。

那一刻，前方傳來的啜泣聲讓我再次抬起頭，微弱的光線照映在學姐的臉龐。她正在哭泣。晶瑩剔透的淚水從她臉頰滑落，滴到教室的地板上。

她用緊握的拳頭擦著臉頰，肩膀一顫一顫的。班上同學們呆呆地看著她在原地哭了好一會兒，就連在遠處看戲的殷智皓也面露驚訝。

接著，在後門附近等待的其他學姐們急急忙忙地走進教室，說著：「別哭，有什麼好哭的？好男人多的是！」其中一個學姐還用帶著敵意的眼神掃射劉天英。

她們安慰著她，一群人就這樣將劉天英拋在身後，浩浩蕩蕩地離開了。

教室裡一陣安靜。不久後，男同學們圍住劉天英問道：「欸，剛剛是怎樣？那女的在倒追你喔？」劉天英不發一語地嘆了口氣，緊皺著眉頭。

當時班上和劉天英說過話的女同學，也只有我和潘如翎而已。坐在我前面的女生轉頭面向我，一邊竊竊地說。

「哇，雖然我本來就有自知之明，但看來眞的不能跟天英告白。」

「對啊，妳看那個學姐哭著出去的樣子好可憐喔，而且大家都在看耶。」

可是……我猶豫地咬了咬唇，最後決定開口。

「可是，不是那個學姐自己要當著大家的面告白的嗎？」

「她應該也沒想到會在這麼多人面前被拒絕吧？總之眞的好可憐。」

女同學們邊說邊搖頭。其中有一人開玩笑地拍拍我的肩膀，對我說道。

「妳也小心別喜歡上他，否則下場就會像那個學姐一樣。」

「不用妳們提醒，我已經夠小心了。」

聽到我這麼說，女同學摸摸我的頭，說我很棒，然後再度轉回前方。我則撫弄著劉天英遞給我的耳機。

總覺得有點難爲情。就像是被我拋諸腦後的現實，突然冒出來給了我後腦勺一記。

我腦海浮現了剛剛那個瞪我的學姐。我不過是坐在劉天英旁邊，和他一起聽音樂而已，她就一副恨不得殺了我的樣子。

我這才想起因爲相處太久，而被我遺忘的劉天英的角色。他是網路小說的男主角之一，長得帥，還是某集團的社長之子，而且又聰明，嗓音又好聽。人家可是小說裡的要角，不像我這種短暫露面的配角。接著，我默默地垂下目光。

雖然每次看到劉天英的長相，都覺得太不現實了，可是這個每天都近在眼前的男孩，其實也只是個人而已。即便我常常下定決心要和他保持距離，但偶爾還是會放棄這個想法。

爲什麼這樣的他會接近我？這個問題至今仍不時地占據著我的腦海。

我這麼普通，他爲什麼要如此親切地和我當朋友？雖然我們毫無緣由地就成爲了朋友，不過其實相處得非常愉快。

如同他在我身邊很自在一樣，當我和他在一起，即便不說話也覺得很自在。

我的胸口突然跳得飛快，但是我不動聲色地壓抑住這種情緒，就在我轉頭之際——

隔壁突然傳來拖動椅子的聲音。與此同時，劉天英猛然伸手翻了翻抽屜，拿出錢包。

『嗯？幹嘛拿錢包？』我茫然地看著他，視線和他相交。他疲憊地垂下湛藍的雙眼，開口說道。

「去合作社吧。」

合作社三個字從他嘴裡說出來，就像是某個高級的地方。我呆坐在原地，見他轉身之後才震驚地從椅子上彈起。然後，我在他身後大喊。

「喂，我要拿錢包，等等！」

「直接走吧。」

經過一連串的狀況後，我好不容易才從書包拿出皮夾，追上了劉天英。

合作社裡沒什麼人。我和劉天英自動忽視投向他的好奇目光，各自拿了巧克力牛奶，相親相愛地咬著吸管走到外頭。

一離開冷氣房，在炎炎熱氣下，汗珠很快地爬上我的後頸。劉天英看起來並不想回教室，於是我們便走到操場的角落，坐在樹蔭下的長椅上。

操場上，高三的學長們正在進行激烈的足球比賽。「咚」的一聲，腳尖踢出的足球劃過了晴朗的藍天，接著「哇」的喝采聲如浪濤般襲來。

我在樹蔭下看著比賽，然後又把目光轉向身邊的劉天英。淡淡的陰影罩住他的側臉，烏黑的頭髮、冒汗的額頭，陽光微微灑落在他高挺的鼻尖。他嘴裡的牛奶盒底部凝結了一點水珠。

不用說也看得出來，他眞的很疲累，一定是因爲剛才的事。啊，我該跟他說什麼好呢？欲言又止之下，我再次閉上嘴，默默地咬著吸管。

我是能怎麼安慰他？我們之間有著難以塡補的巨大差距，然而，他現在選擇我待在他身邊，也許什麼都不用說便足夠了。

這麼一想，彷彿我對劉天英來說是特別的。哎呀，還是別自作多情吧。就在我搖頭的那一刻——

「我喜歡妳。」

他的嗓音伴隨著掀起沙塵的徐徐微風，飄蕩在操場上。要說這一刻時間暫停了，我也會相信。

遠方沙塵仍然飄散著，操場上的歡呼聲不絕於耳，可我眞的覺得，時間就停留在了這一瞬間。

下一秒，回過神來的我，又聽見了吵雜的聲音。我轉頭直盯劉天英湛藍的眼眸。

他的視線低垂著，並沒有在看我。長長的睫毛閃著藍色光芒，就像是黑暗的展示房裡，讓人偶爾陷入沉思的蔚藍光芒。

這不是告白，我聽得出來。因爲這是在訴說朋友之間的喜歡時，才會出現的率眞口吻。

劉天英說完後，嘆了口長長的氣。他疲憊不已的神情，讓我心裡不太好受。就在我想伸出手拍拍他的背時——

「因爲妳……好像對我一點興趣也沒有。」

他開口了，我則停下了動作。

「……」

「所以我才喜歡妳。」

劉天英又陷入了沉默，他垂下肩膀，盯著操場看，彷彿眞的筋疲力竭。我略微驚訝，視線直勾勾地看向他。

剛剛那個口氣不像平常的劉天英。

『妳好像對我一點興趣也沒有。』這種口氣就好像全世界的人都對他有興趣似的，然而，我卻馬上就聽懂了，應該說終於明白了他的意思。

怎麼可能不明白呢？都目睹剛剛的場面了。而且我也知道他是小說的主角，根本就不該待在他身邊。他繼續說道。

「因爲妳好像對我不抱任何期待……所以跟妳相處很自在。」

「……」

我又看向劉天英，他的視線仍然不在我身上。

我們回到教室後，有幾個同學用惡作劇的眼神看著我們，但也僅止於此。他們來回看著劉天英與我，內心應該覺得我們不可能交往，而且我們倆之間的氣氛也沒改變，只是劉天英的表情看起來很累而已。

不過他好像已經平靜多了，回到教室沒幾分鐘又睡著了，和之前一樣，趴在桌子上，臉朝向我，耳朵則塞著一只耳機。

當然，另一只耳機在我這。偏偏這時候播放的歌曲是阿姆的〈stan〉，耳朵裡傳來滴滴答答的雨聲與女子陰鬱的嗓音。我直盯著他，接著也把臉靠向桌子。

我閉上雙眼，安靜地在嘴裡複誦他說的話——「因爲我對他不抱任何期待；因爲我對他不感興趣。」

「因爲我是唯一一個……對他沒有異性好感的女生。」

我呢喃著，心中忽然浮現了「啊，原來如此」的想法。他的睡顏彷彿又再次出現了光暈，就像我第一次遇見他們那天所看見的。

我忍不住想，這個男孩光是存在於現實生活中就已經很離譜了。我凝視著他散落在額頭上的深藍色瀏海、緊閉的纖長睫毛，然後默默轉過頭。

我小聲地嘆了口氣，不讓他聽見，將臉埋入手臂裡。

剛剛覺得時間暫停的我，簡直就像笨蛋。

「因爲妳……好像對我一點興趣也沒有。」

「所以我才喜歡妳。」

這些話一直在我心中擴散。我默默地緊握拳頭，藉此發洩心中的酸楚。眞愚蠢，還以爲他是因爲被我的個性吸引才接近我，跟我當朋友的。他會喜歡我，是因爲我對他沒興趣。

我想也是，對他來說，潘如翎以外的女生的感情都會造成他的困擾，除此之外，沒有別的。因此，在這麼多女生當中，他才會主動接近對他毫無異性興趣的我。

在圍繞著他的眾人裡，我是唯一一個看出他內心防備的女生。

『那萬一我對你有興趣的話，你會怎麼做？』我握緊雙手，心想。好險我的心沒有那麼痛。

我揪著隱隱作痛的心，無聲地嘟囔，「啊，好險我不喜歡劉天英。」

以後應該也不會吧……

* * *

我瞇著眼睛，看見陽臺窗外已不知不覺亮起。我蜷縮在沙發上發著呆，不久才發現叫醒我的正是大門傳來的冷靜又緩慢的敲門聲。

不知道爲什麼，從睡夢中醒來後，頭昏腦脹的餘韻還是沒有散去。胸口仍然一陣刺痛，這是怎麼回事？我將手握拳靠在額頭上許久，視線看向大門。

劉天英是怕別人不知道是他嗎？連敲門聲都跟他的個性一個模樣。好險我淺眠，不然是要敲到何時？我咋舌並從沙發上起身，搖搖晃晃地走到玄關。

我在推開門之前，瞟了一眼牆壁上的鏡子，確認自己的模樣正常後才出去。

黑色帽子、獠牙圖樣的黑色口罩，還露出了看起來格外蒼白的脖頸。

見他穿著黑色夾克，身上的白襯衫外罩著酒紅色厚毛衣，下身則是深藍牛仔褲，我吹了聲口哨調戲他。他推開大門走進玄關，一臉不解地對我皺著眉頭，我聳了聳肩回應。

「欸，你真的很有模特兒的架勢耶。」

劉天英聽見我這麼說，鞋子脫到一半便僵在原地。黑帽下的湛藍眼珠正仔細地觀察著我的表情，彷彿我的臉上寫著有沒有看過網路上的訪談新聞。

然而，可能是無法識破我經過訓練的演技，他放心地鬆了口氣，將鞋子脫掉後，走進黑暗的客廳。

他伸出白皙的手指，把口罩拉到下巴。

「妳不開燈在幹嘛？」

「在客廳一邊打瞌睡一邊等提拉米蘇呀。」

他挑了挑眉，把手上的紙盒遞到我面前。我接下盒子，確認了一下內容物，接著露出燦爛的笑容。

我將盒子放到客廳的茶几上，對劉天英伸開雙臂。

「陌生人，歡迎來到朝鮮皇宮！」

「……」

看他一臉不自在地皺著眉，沒有回應的模樣，應該是知道我在學*《文明帝國V》裡，世宗大王的臺詞。

劉天英抬了抬下巴，指向提拉米蘇。

「這句話跟提拉米蘇說吧。」

聽到他這麼說，我便轉過頭，輕浮地向擺在茶几上的提拉米蘇盒子展開熱烈的歡迎。

「哦，好。嗨，提拉米蘇！很開心認識你唷，提拉米蘇！」

「……」

劉天英輕輕地嘆了口氣，走進客廳。他摸索著牆壁，好像在找電燈開關。我興奮地向提拉米蘇打招呼到一半又回過頭。

我走到他身旁，按下開關，客廳頓時變得明亮。劉天英這才將黑色夾克脫掉，丟在沙發上。既然都開了客廳的燈，我便順手將廚房的燈也打開，打算走進去拿叉子與盤子。

劉天英不像殷智皓那樣把腳擱在客廳的茶几上，看來他比殷智皓懂禮貌。他一雙長腿尷尬地擠在沙發下，我默默地翻找著櫃子，原本想問他要不要吃提拉米蘇的，後來乾脆直接拿兩支叉子。

劉天英當然要吃。他的外貌高尚如冰，彷彿與世俗扯不上關係，然而卻喜歡聽重搖滾、吃甜食，還擅長玩遊戲。

我不發一語地把兩個盤子與叉子遞給他。他接過盤子放到茶几上，接著從沙發坐到地板上。我坐在他旁邊，安靜地拆開提拉米蘇。

見柔軟的麵包體上頭點綴著白色奶油與可可粉，我忍不住張開嘴巴。哇，一定很好吃。我用叉子翻了翻提拉米蘇上頭的巧克力，開口問他。

「這是在哪買的？」

「我常去的地方。」

「在哪裡？」

「妳吃就對了。」

語畢，劉天英把我正在翻弄的巧克力直接送入我嘴裡。我皺起眉頭，待巧克力在我嘴裡融化後，拿出盒子裡的刀，將提拉米蘇分成九等分。

我將其中一塊放到劉天英的盤子裡，再把另一塊放到自己的盤子裡，然後把盒子蓋上，打算放進冰箱。這時，爸媽的房間門突然打開了，我嚇了一跳，差點讓提拉米蘇盒子掉在地上。

有人開了門，揉著眼睛，搖搖晃晃地走來客廳——是爸爸。還以爲他已經去上班了，於是我驚訝地瞪大了眼。

◎《文明帝國V》：美國電子遊戲廠商Firaxis所開發的策略遊戲，是《文明帝國》系列的第五部作品。

爸爸的出現讓劉天英也嚇了一跳，原本坐姿隨興的他趕緊挺直了身子，就像朝鮮時代的書生一樣，正經地跪坐著。

爸爸好像還沒清醒，他睡眼惺忪地看了客廳的劉天英一眼，又看了一眼站在冰箱前的我，開口問道。

「是智皓嗎？」

「爸，不是啦，是劉天英。」

「哦，是天英啊？我的眼鏡放哪了？」

我將蛋糕盒塞進冰箱裡，再把飯桌上的金框眼鏡遞給他。

「爸，在這。」

「嗯，總算看清楚了。原來是天英啊，天英是那個當模特兒的對吧？」

「對。」

劉天英沒再多說什麼，只是點了點頭。

爸爸彷彿很滿意自己還記得劉天英，他露出欣慰的笑容看著我說。

「天英怎麼一大早就在我們家？而且還只有你們兩個？你們在交往嗎？」

「沒有啦。是我覺得無聊，才叫他買蛋糕來家裡玩。」

總不能跟他說我們講好三小時都不能開電腦這種無言的交易吧。

一聽我笑嘻嘻地說完，劉天英便直盯著我。爸爸則看了看我，一邊讚嘆一邊拍手。他開口說道。

「哇，妳還眞了不起，竟然隨便揮霍朋友的金錢跟時間。女兒啊，妳是沒手、沒腳，還是沒錢？」

「哈哈，爸，我沒錢。」

乾脆趁這個機會跟爸爸說我零用錢都花光了，叫他再給我一點吧？當我露出笑容，打算開口時，爸爸卻打斷了我的話。

「花錢如流水是我的問題，還是妳的問題？」

「哎喲，這個月是媽媽的生日嘛，所以我才花完的啊。」

「算了吧妳，那個誰，天英！」

爸爸對我說的話不以爲然，轉頭叫劉天英。我噘嘴看著他。

拜託，怎麼可以在女兒的朋友面前毫不留情地損她啊？劉天英看向爸爸，而爸爸自顧自地勸告他。

「天英，雖然她是我女兒，但這孩子眞的很可怕。不管是誰的錢，只要一進到她口袋就會瞬間消失，你一定要小心。」

「我會小心的。」

我委屈到快氣死了，劉天英別說是替我說話了，甚至還點點頭，認眞地回應。爸爸一臉滿意地摸了摸下巴說要去洗臉，便走進廁所。

聽到門上鎖的聲音後，我才走到客廳看著劉天英。

他恢復舒服的姿勢，彷彿剛剛不曾正坐過，身體癱躺在沙發裡，一手拿著電視遙控器轉著臺。一發現我來了，他稍微抬眼看了看我，露出了令人意外的笑容。我抬起眉毛問道。

「喂，好笑嗎？笑屁啊！」

「好笑啊。」

「有什麼好笑的？」

「妳爸啊。」

我一屁股坐到劉天英旁邊，他轉頭看向我，我噘嘴嘟囔著。

「喂，眞是的，你剛剛怎麼可以不幫我說話？應該要跟他說『小丹很可靠！她的信用堪比銀行，我可以把所有的財產交給她』才對啊。」

「我要怎麼相信妳？」

我欲言又止。呃，我不是故意不回他的……只是聽到他的語氣，不管是誰都會說不出話來。客廳明明還是一片明亮，我卻有種陷入黑暗的錯覺。

我僵硬地低頭盯著茶几，眼珠動呀動地看向旁邊的劉天英。他用冷若冰霜的湛藍眼眸看著我，好久沒看到他這麼冰冷的視線了。

我、我、我直到這一刻都沒想起自己才跟劉天英吵完架而已，仍用一個月前自在的態度面對他。畢竟是在我家，也難怪會這麼自在。

劉天英用凝然的眼神低頭看向我，彌漫在我倆之間的沉默愈來愈沉重，讓我難以喘息。

在我吸氣的時候，廁所的門開了，爸爸頭上披著毛巾走到客廳，這才打破了我們之間的沉默。他不明所以地看著我們，嘴裡念念有詞。

「哎呀，火花都要噴出來了，你們眞的沒在交往嗎？騙我的吧？」

「……」

吼，爸，別鬧了！我不知道是該感謝他還是該慌張，只能看著他默默溜回房裡的背影。劉天英也像我一樣錯愕，我們安靜了好一會兒，尷尬地把視線投向地板。

我扭動著沙發下的腳丫子，劉天英則靜靜地轉著臺，轉到我昨天沒看到的搞笑節目重播時，他停下了動作。現在正是我喜歡的環節，電視裡的現場觀眾哄堂大笑。

但是我們誰都笑不出來，只是僵坐在沙發上，直到爸爸準備好出門，走出玄關並囑咐著劉天英要小心時，我們的視線都固定在電視畫面上。

我們繼續保持沉默。秒針聲響吵得我暈頭轉向，我想到房裡那個禹宙仁送我的吵死人的時鐘，無法看透劉天英在想什麼。

接著他突然按下遙控器按鈕，關掉電視。我嚇了一跳，轉頭看他，而他湛藍的眼眸重新對著我，開口說道。

「妳知道我今早有多……不，算了。」

他話說到一半就撥了撥自己的頭髮，露出自嘲的笑容。劉天英說話的時候很愼重，所以幾乎不曾改口過。

我詫異地看著他，他又再次開口。

「我要怎麼相信妳？」

「……」

「妳用一副若無其事的態度，讓我以爲我們是朋友……但其實心裡根本就想轉學……」

一雙藍色的眼眸看向我，我感覺到視線裡彌漫著冰冷的涼意。他眼裡冷冽的銳氣彷彿能劃傷我的手。

「跟妳在一起的時候……我偶爾會覺得自己好像在幹蠢事。」

劉天英說完這些話便站起身。他步伐緩慢地轉過身子，彷彿只要我下定決心就可以留住他一樣，但我並沒有那麼做。

我現在留住他，又能說些什麼？跟他說我不曾想過要轉學嗎？光是今早我就閃過這個念頭了。

哈，我無言地笑了笑。劉天英眞的非常敏感。

最終，我還是沒挽留他。等門「匡」的一聲關上，我才露出苦笑，踉踉蹌蹌地走回客廳，把自己摔進沙發裡，雙手摀著臉，長嘆了一聲。茶几上的提拉米蘇，我們倆都沒吃半口。我嗤笑一聲，直接躺在沙發上。

既然他沒跟我說「上不上網隨便妳」，就表示還有一點希望吧？我仰頭看著天花板系亂的白色紋理，內心忽然一陣煩悶。我和劉天英吵架的理由很簡單。

他把我當朋友，而我把他當成小說人物，同時也是朋友，這就是問題所在。

既然是朋友，一定會想要常常相處，不可能丟下朋友，妄想轉學。一般來說是這樣。

我把劉天英當朋友，如果問我待在他身邊開不開心，我會毫不遲疑地說開心。但是另一方面，我總是有股衝動，想擺脫這部小說。

我有多想待在劉天英身邊，就有多想脫離這部小說。

我常常打電話給兒時搬到光州的朋友，將自己的內心一股腦兒宣洩給她聽。她上的國中當然沒有四大天王，校排第一是眾所皆知的用功好學生；第二名雖然是天才，但聽說很沒品。而且他們兩個不但不帥也不漂亮，她還說他們學校根本沒有四大天王這種人物。

這不就是我所憧憬的環境嗎？我會發自內心地想轉學也不是無緣無故的，是因為這間學校真的有點怪。

跟她講電話的時候，我說了好幾次「想轉學」、「我要轉去你們學校」、「拜託收留我吧」。沒錯，這就是問題的起源。

某天，劉天英來我們家玩，偶然聽見了我和朋友講電話。他不是蓄意偷聽的，我講電話時，本來就習慣在棉被上滾來滾去、大聲嚷嚷。

好險那時候也在我家的潘如翎和禹宙仁沒有聽見，但當時我真的受盡委屈。

那一刻是我不願再經歷的瞬間。劉天英湛藍的眸子充斥著冷冽的怒火，與他對視的我，差點就昏倒在地了。

我眞的嚇壞了。他用那種眼神問我「妳眞的有把我當成朋友嗎」的樣子，眞的極度可怕。

他好像除了「我想轉學」之外，什麼都沒聽見。一開始，他擔憂地問是不是有人欺負我。個性愼重的他，甚至還猜測欺負我的人是不是白茹敏。

在我悶不吭聲了好一陣子後，他又問是不是有其他原因。我該怎麼回答？我會想轉學就是因爲你們和潘如翎啊。我仍舊不發一語。

下一秒，劉天英的眼神流露出被背叛的情緒。如果換作是我，發現那個和自己相處融洽的朋友，心裡想的竟然都是轉學，一定也會覺得被背叛。這是理所當然的。

好想、好想告訴他，我總覺得這一切就像是一部小說。每當我覺得自己像別人手中的棋子，任人擺布時，他可知道我有多痛苦？但萬一我說了，眞的會有人相信嗎？

最後我還是什麼都沒說。劉天英看到我這樣，表情也逐漸改變。一開始只是微微的怒火，後來則是怒意燃燒殆盡，只剩灰燼，冰冷得讓人害怕，然後，他的眼眶些微泛紅。他低頭看我，接著大步離開。

有時候，我覺得這些人既是我的朋友，又是小說裡的人物，這樣的想法讓我感到矛盾，偶爾也會感到愧疚。

不過只要不表現出來就好了，我只能得過且過地這麼想。

但事實並非如此，尤其對劉天英來說更是。我緊閉著雙眼。

其實過去劉天英對我拋出的尖銳質問，那個我至今仍無法回應的問題，也是我想問他的。

『你有把我當成朋友嗎？』

我問不出口的原因是，只有在我把他當成朋友時，才有資格問這個問題。可是此時此刻，當劉天英把我拋在這充滿荊棘的黑暗，轉身離去時，我最想問他的便是這個問題。

你有把我當成朋友嗎？眞的有嗎？

以前我們趴在桌上互看時，他說過的那番話，至今已經過了三年，我卻仍然牢記在心，好討厭這樣的自己。

我以爲當時他說的那些話，對我來說只是微不足道的傷口，然而那些話現在依舊折磨著我。

「因爲妳……好像對我一點興趣也沒有。」

「所以我才喜歡妳。」

在這個當下，我才想對轉身離開的他問這句話。不，我想對他大喊：「要是我對你有興趣的話，我們會變成怎麼樣？」

他可知道那天以後，我有好幾次伸出手想向他示好，但是又中途收回？我緊握著拳頭。

這太奇怪了吧……不但對對方沒興趣，也不跨越界線，還只在規定好的範圍裡徘徊，這樣的關係，說是朋友也太奇怪了吧！

但我不敢問他。就如同他所說的，我沒資格問他這種問題，而且……我怕會破壞我們之間的關係，也害怕會失去他。因爲對他來說，他會把我這個女生當成朋友，純粹是因爲我不會煩他。

沒關係，我小聲地自言自語。反正我不喜歡劉天英，所以沒關係。過去，我握著拳反覆說這句話，至今也沒改變。

我在沙發上打滾了好一陣子，還是想不出該怎麼改善我和劉天英的關係。於是我起身走回房裡，撲通一聲躺在床上。早上打完電話後，我的手機就一直被丟在床上。

唉，我看著手機螢幕上出現的簡訊通知，發出短短的嘆息。不會是劉天英，因爲比起傳訊息，他更喜歡打電話。

我打開手機，出現一堆「在幹嘛」的訊息，可能是快開學了太無聊。而內容簡潔的只有一封，正是殷智皓傳來的「加油」。

什麼啊？我皺眉盯著螢幕看。眞搞不懂殷智皓傳這訊息給我幹嘛？訊息傳來也才不過半小時前，那時劉天英已經待在我們家兩個小時了。

這傢伙該不會知道我們吵架吧？他可是殷智皓耶，又不是權恩亨。我邊看手機心裡邊想著。突然手機傳來振動，嚇了我一跳。

慌亂之下，我看到螢幕上頭清楚地顯示「殷智皓」三個字。我按下接聽鍵，並把手機拿到耳朵旁。

「喂？」

——喂，小丹。

「……」

殷智皓那麼親暱噁心地叫我，想必是因爲旁邊不是有他爸爸就是其他家人，或是有客人。

他跟我們，和除了我們之外的人在一起時，言行舉止完全天差地別。他和我們相處時，總是嘻皮笑臉，說話的口氣也很隨興，但是有外人在時，他就像個模範生，講話的口吻也像連續劇裡的人物。我會說他有雙重人格可不是無憑無據的。

我當然知道，他跟劉天英貴爲會長之子，這是必要的處世之道，但就是很噁心嘛。

我把手機拿遠，心想要不要乾脆砸爛它，但發現這樣損失的會是我自己，便放棄這個念頭。我又對著手機說道。

「欸，小丹？小、丹？我差點頭皮發麻致死，你一大早喝了葵花油喔？聲音這麼噁。」

我是眞心地詢問，但殷智皓卻哈哈大笑，可能以爲我在說笑吧。在我聽到他溫柔的笑聲，陷入要不要掛電話的糾結時，聽筒裡傳來放下茶杯的聲音。然後，好像傳來了殷智皓的打招呼聲。

——爸，路上小心。

原來他跟他爸在一起啊。我靜靜地動了動目光，沒過多久，殷智皓變回不冷不熱的態度，看來他爸出門了。

——妳以為我想這樣叫妳嗎？難不成我要在我爸面前直呼妳全名？

「算了吧。我本來就知道你有雙重人格，只是沒想到你的聲音可以變得這麼嬌滴滴，嘖嘖！」

——呿，誇我斯文或溫柔是會死嗎？什麼嬌滴滴？哈！

我安靜地聽著殷智皓碎念，突然想起他傳的訊息。我在床上滾了一圈，面朝天花板，對他問道。

「欸，你剛剛傳那什麼訊息啊？沒頭沒尾的。」

——哦，訊息喔。

殷智皓不以為意，他用無精打采的聲音回覆我，而他的回答讓我感到荒謬。啊，我真愚蠢，還緊張了一下。

——潘如翎說妳零用錢都花完了啊，所以約妳出去玩會惹得妳不開心。

「……」

我無語地緊抓著手機，啊，眞的好荒謬。我開始空虛地笑，也不管殷智皓語帶慌張地問我怎麼了，就這樣盯著天花板，笑了好一陣子。

我還以爲劉天英把我想轉學的事告訴殷智皓了，明知道劉天英不是這種人，卻還是忍不住擔心。

罪惡感頓時不斷湧上，爲了壓抑這種情緒，我又翻正身子。

我抱著枕頭開口。

「喂，我……」

——怎樣？

呼，我靠在枕頭上，輕輕地嘆了口氣，一臉欲哭的表情。

「又跟劉天英……吵架了。」

——又吵？你們之前沒和好嗎？

「沒有，老實說那時候吵完之後發生了點事，就含糊帶過了。後來我們也相處得不錯，結果又突然……唉……不知道啦。」

我欲言又止，還用額頭撞了撞枕頭。殷智皓彷彿在思考我說的話，陷入了沉默。我用憂鬱的眼神凝視著手機。

反正我也不奢望殷智皓能提出什麼解決辦法。從小和劉天英一起長大的權恩亨也許還有對策，但殷智皓也和我們一樣，國中一年級才認識他。

殷智皓仍舊不發一語，保持著沉默。接著他突然開口。

——喂。

「幹嘛？」

——我爸說不要介入男女之間的爭執……但畢竟你們兩個都是我的朋友，我也想勸勸你們。可是沒辦法，因爲我根本不知道你們在吵什麼。

「……」

我拿著手機僵在原地，都忘了要眨眼。

聽筒那端的殷智皓還是用平淡的語氣繼續說道。我眼前彷彿浮現他微微垂下的纖長銀色睫毛、冰冷的黑色眼眸，還有陽光透過寬闊的玻璃窗照映他站直的身影。

——妳說沒辦法告訴我，劉天英則是連吵架的事都沒提。看他這麼生氣，應該不是因爲妳搶了他的巧克力牛奶喝吧？

「誰會爲了這種事吵架？」

——我之前搶他的巧克力牛奶喝，差點被他用眼神光波射死。

「……」

我啞口無言地閉上嘴巴，眼珠轉呀轉的，突然想起房門另一端，那盒被冰在冰箱裡的提拉米蘇。我說道。

「喂，剛剛劉天英還送提拉米蘇來我家耶？」

——哦，是喔？這傢伙真是大小眼。

他的口氣聽起來真的憤恨不平。我頓時不知該說什麼，只是眼神微微一動。

殷智皓不過是搶劉天英的巧克力牛奶來喝，生命就受到威脅了，而他竟然進貢提拉米蘇給我……思及此，我開口問道。

「欸，你覺得他是不是很喜歡我？」

——妳哪來的自信？

他無言地吐槽我，但我不屈不撓地繼續問。

「喂喂喂，我現在很認真。就是，以朋友來說……我的意思是，劉天英是不是很看重我這個朋友？」

殷智皓可能是聽出我語氣認真，他沉默了好一陣子。

沒過多久，他便回應了我。而他的口吻是我認識他以來，態度最真誠的一次，讓我不禁愣了一下，他說。

——妳是笨蛋嗎？有眼睛還看不出來？豈止看重，根本超級重視。那個冷若冰霜的傢伙都變得這麼溫柔了，妳還感覺不出來嗎？

「……」

——總之就快開學了，你們開學前趕快和好吧，掛囉。

「欸欸，等等！」

——怎樣？

我撐起上半身，在床上盤腿而坐。我緊抓著手機，嘴唇嚅動，好不容易才開口。

啊，眞不想說。我緊閉著眼，又再次張開。殷智皓也沒急著催促我，只是靜靜地等待。他這麼聰明，說不定早就知道我是想說什麼重要的事了。

這時，我開口說道。

「欸，那個……就是啊……」

——嗯。

「我……不對，我們……上了高中以後，可以裝作不認識嗎？」

沉默持續了很久。我不安地咬著唇，不停眨眼。沉默就像一根針，戳刺著我的肌膚。

大概過了一分鐘，殷智皓用令人訝異的穩重嗓音反問我。

——爲什麼？

「……」

哼嗯，聽見他的聲音後，我忍不住垂頭喪氣。這句話我很久以前就想說了，只是一直說不出口。我和他們國中時相處得這麼好，突然要他們升上高中就跟我裝不熟，他們能接受嗎？

但我是認眞的，我眞的不想再繼續待在他們身邊了。

你問我這麼不願意，怎麼不乾脆轉學？這是不可能的，因爲我考上的高中正是附近的知名私立高中。光看學校裡有潘如翎和殷智皓，還有劉天英，再加上聰明的禹宙仁，應該也能知道吧？

雖然我的成績岌岌可危，但爸爸叫我先申請看看，沒想到就這樣錄取了。收到錄取通知的那天，我們全家都激動無比，要是我再跟爸媽說我不想去念的話，那我就不用活了。眞的無可奈何。

我緊抓著手機，一句話也沒說。殷智皓沒有生氣，可是我聽到電話那頭傳來了嘆息聲。我眨了眨眼，聽見他低沉地問道。

——妳就這麼想過平凡的生活嗎？

我頓時停止了呼吸。不久後，電話那頭又傳來「唉」一聲。他繼續說道。

——問題到底在哪？那些叫妳香丹的傢伙，權恩亨和劉天英會替妳解決，而且妳不是根本就不在意別人的目光嗎？就算妳怕麻煩，也不會在意別人啊，我應該沒說錯吧？

「……」

——但妳卻對平凡的生活格外執著。我之前就很好奇了，好吧，就趁這個機會問清楚好了，妳到底在堅持什麼？

我輕輕地嘆息，把腳伸到床下坐在邊緣，然後用腳尖敲著地板。這段時間我想過無數個藉口，卻說不出口。

其實那些藉口，也沒幾個能騙過殷智皓。如果想說服他，就必須用富有邏輯性的理由，但是我想不到。

我咬緊嘴唇，要直接跟他說實話嗎？有時候跟你們在一起，我會覺得你們看起來就像在演一齣完美的戲，而我偶爾也會覺得自己就像其中的一個角色。

彷彿有條看不清楚的線，控制著我的嘴唇、身體，甚至是呼吸。那條線緊緊綁著我的手腕，這種感覺有時會嚇得我從睡夢中驚醒……

再這樣下去，我怕我的生老病死都會被這條線左右。

唉，我怎麼能跟他說？我嘆了口氣，然後開口。

「殷智皓。」

——怎樣？

「三年就好。」

——……？

殷智皓訝異地沉默著，我垂眼低喃。三年的時間，應該足以讓這部小說完結了吧。

國中時沒發生什麼特殊事件，只是潘如翎認識了四大天王，並和他們考上同一所高中，所以國中時期的劇情，就只是小說的前情提要而已。

在我看來，眞正的劇情一定是從高中開始。畢竟到現在，那個所謂的女對手都還沒出現，所以我相信，劇情發展一定是如此。

就快開學了，距離畢業還有三年的歲月。網路小說通常都會在高中畢業前完結，之後的事應該可以不用在意。

三年的時間雖然漫長，但是綜觀整個人生，其實並不算長，甚至還算短。我下定了決心，開口說道。

「可不可以……只要在高中這三年，假裝不認識我就好？」

——爲什麼？

殷智皓用淡漠冰冷的嗓音反問道。我煩惱了一會兒，沒有開口，然後聽見他低沉的嘆息。

而接下來冒出的問句，嚇了我一跳。他的問題很簡短。

——這跟妳和劉天英吵架有關係嗎？

「……嗯。」

——我就知道，我早就料到了。妳偶爾會用一種看陌生人的眼神看著我們……妳知道每當這種時候，我都快瘋了嗎？

我無話可說地緊閉雙唇。殷智皓的嗓音仍像湖水表面一樣平穩靜謐，但我可以感覺到他逐漸湧上的怒意。

不久後，他又嘆了口氣，繼續說道。

——只要在學校裝不熟就行了吧？

「……你願意嗎？」

——妳知道妳現在是什麼口氣嗎？要是我不答應，感覺會被妳幹掉。

哪有那麼誇張？我尷尬地搔了搔額頭。

殷智皓決定答應我的要求後，心情似乎變得暢快多了，口氣也比剛剛輕快。他又開口說道。

——只限定在學校的話是可以，但還是能照常傳訊息跟打電話吧？那就這麼辦吧。但是如果妳已讀不回，或不接電話的話，隔天上學就要妳好看。

「嗯，好。」

——還有，我隨時都要去妳家玩，這樣就夠了。只是禹宙仁不能在學校跟妳摟摟抱抱的話，他一定會號啕大哭。至於權恩亨……他就算了，然後劉天英……辛苦妳囉。

「……謝謝你的鼓勵，我感動到快哭了。」

聽到我不悅的回應，心情稍微好了點的殷智皓爆笑出聲。這個笑聲和他在爸爸面前發出的柔和笑聲不同，而是像其他同齡的少年一樣哈哈大笑，他非常適合這種笑聲，聽起來也順耳多了。

我出神地聽著他的笑聲。不久，殷智皓說他待會要跟劉天英在10號伺服器碰頭，便掛了電話，我則拿著手機呆愣在原地。靠！過沒多久，我緩緩地舉起雙手胡亂撥著頭髮。

就像殷智皓所說，禹宙仁即使痛哭失聲也不意外；權恩亨雖然不會生氣，但是他溫柔地笑著逼問人的樣子很可怕，我不敢說；至於劉天英的話，劉天英……我不敢想像。

我撥著頭髮，情緒複雜地走下床，打開了電腦。既然已經過了三個小時，我可以開機邊逛論壇邊療癒自己了。

我點擊著滑鼠，打開NA○ER首頁，即時搜尋榜裡的關鍵字已看不見劉天英的蹤影。我瀏覽了一輪，有某個女演員結婚的消息，還有偶像團體發專輯的消息。最後，我小心翼翼地在搜尋欄裡輸入「劉天英」。

剛才劉天英戴著紳士帽的照片又再度映入眼簾。我點開這張照片，直勾勾地盯著，嘴裡喃喃自語。

「我還不能說。」

當然，螢幕裡的劉天英不可能回應我，但我心中仍有股異樣的感覺。撐著下巴看著劉天英的嘴唇好一陣子，突然覺得少了些什麼，於是我再度開口。

「對不起。」

螢幕裡的劉天英仍然一句話也沒說。

★

二〇一〇年三月一日和三月二日之界，距離開學只剩一天。發生那件事後過了兩天，我和劉天英沒傳過一封訊息，更別說是打電話。三月二日，正是我的世界天翻地覆的那天。

滂沱大雨從早下到晚，直到半夜才停歇。我聽著窗外磅礡的雨聲，抱住枕頭，朝幽暗的天花板看了好一會兒。牆上掛著古色古香的時鐘，秒針滴答作響。

不知不覺，時間愈來愈接近午夜，我已經在床上躺了兩個小時，但還是睡不著，一點睡意也沒有。

愈接近三月二日，我就愈容易失眠。只要想到世界可能會在某一瞬間突然改變，我怎麼樣都睡不著覺。翻來覆去，換了好幾個姿勢後，終於迷迷糊糊地進入夢鄉。窗外的雨聲逐漸離我遠去。

★

沒過幾分鐘，我就醒了。客廳傳來乒乒乓乓的聲響，我微微睜開雙眼，看見冰箱的燈光。應該是爸爸睡醒了想喝水吧。我看著他的身影，倏地像是被雷擊中似的，陷入了衝擊。

我急急忙忙地起身跑向窗邊，因爲太過著急，還差點從床上摔下去。找回平衡後，我抓住窗臺。

雨停了。

我用力打開窗戶，眼前的天空令人難以置信地漆黑又清澈，一朵雲也沒有。格外明朗，彷彿不曾下過滂沱大雨的夜空，似乎在嘲笑我。

我呆呆地望著月亮，緩緩伸出手往窗外摸去，卻只有乾燥的混凝土觸感，還有上頭堆積的灰塵而已，一點潮濕的感覺都沒有。

我沉默地注視著手心，再回頭看向床上的掛鐘。那是個再平凡不過的粉色圓形掛鐘，不是禹宙仁給我的那個吵死人的掛鐘。

看著掛鐘，我不禁露出虛脫的笑容。眞是傻眼。怎麼會、怎麼會？

我關上窗戶，踉踉蹌蹌地躺回床上。不，其實我都不知道自己是怎麼走回床上的。我瞪大眼睛凝視著天花板，然後又緊閉上眼，還是沒聽見雨聲……睡吧，我喃喃自語，睡醒再想吧。

衣櫃就像三年前那樣掛著一套制服，是我之後的高中制服。不是耀眼的白色外套、白色裙子，而是變回了平凡的藏青色制服。在那上頭，則擺著三年前的國中制服。

哈，我無言地笑了。接著腦袋一沉，又睡著了。

★

當我再睜開雙眼時，才剛過早上七點而已。我一醒來就看向牆壁，在看見構造複雜又高雅的掛鐘後，我逸出一聲嘆息，接著舉起雙手。

我靜靜地坐著，把臉埋在手心裡，然後抬起頭，窗外仍然下著傾盆大雨。

衣櫃前掛的仍舊是那套，給我錢我也不穿的華麗制服。我仔細打量著一切，這才發出深深的嘆息。呼，我的嘴角微微扭曲。

不久前看到的都是夢嗎？我眼前所見的一切都是夢境？我抬起手，想看看指尖上有沒有混凝土粉末，卻找不到痕跡。不過就算有，應該也看不到了。

我坐在床上發愣了好一陣子，才摸索著牆壁打開燈，然後一把抓起放在枕邊的手機。

我本想拿著手機坐回床上，卻不小心手滑了。我皺著眉頭想撿起手機，這才發現自己的手正在顫抖。唉，我用另一隻手緊握住發抖的手腕，但還是冷靜不下來。

耳邊仍然傳來的雨聲，帶給我內心些微的平穩。我緩緩地深呼吸，撿起手機回到原位。

我坐在床邊，仔細地確認著通話記錄和訊息畫面。殷智皓、潘如翎、禹宙仁……我用拇指慢慢地滑過螢幕，接著低喃：都在，大家都還在。可就算如此，我還是放心不了。

我的睫毛顫抖，指尖點開聯絡人介面。我想見到他們，讓我能夠確認自己仍在這個世界；我想看到某人、聽到某人的聲音，這樣我才能冷靜下來。

我焦急地盯著螢幕。劉天英？現在還不行。殷智皓？他應該正和家人共進豪華早餐，而潘如翎和禹宙仁一定還在睡覺。於是，我的視線停留在「權恩亨」這三個字上。

權恩亨應該剛替他爸爸準備好早餐，現在正在休息。我按下通話鍵。

「嘟嚕嚕、嘟嚕嚕」，撥通的時間感覺比任何時候都要漫長。接著，傳來一道嗓音。是他獨有的那種，溫柔、親切、能讓聽者感覺自己是被信任的嗓音。這個聲音，能帶給我難以言喻的安心。

權恩亨開口問我。

——怎麼了？

他好像很訝異我一大早打去，也因爲他知道，一到假期我總是特別懶惰。

聽見他的聲音後，我這才喘過氣來。我抓著手機，遲遲沒有說話，權恩亨慌張地問道。

——小丹，妳怎麼了？發生什麼事了嗎？

「沒有……」

我話說到一半，便咬住了唇。電話那頭的他沉默了一下，又小心翼翼地開口。

——妳在哭嗎？

「我……」

我假裝咳了一聲，剛剛我的確差點就哭了，但那並不是因爲傷心，而是突然一陣安心，讓我不能自已。

我上下放鬆著肩膀，調整呼吸，等到平靜了點，才回應他。而權恩亨只是默默地等我開口。我說道。

「恩亨，是我。」

——嗯。

「你在忙嗎？」

——沒有。

他果斷的口氣讓我更加放心。我吐了口氣，繼續說道。

「不忙的話，可以……隨便跟我說些什麼嗎？」

——隨便說些什麼？

「嗯，什麼都可以。」

一早七點接到這種電話，應該會感到錯愕才對，但權恩亨卻沒多說什麼。

過了一會兒，我聽見收拾碗盤的聲響，同時傳來他淡然的嗓音。

——那天也是下著大雨。在我五歲的時候，我記得我爸抱著我，讓我看向窗外。窗外瀰漫著灰色霧氣，有輛車停在霧氣當中。那時我還不知道，現在回想起來，好像是輛紅色保時捷，優雅又俐落。駕駛座上坐著一個和車子同樣優雅的美麗女性，她有著一頭深藍色長髮、一雙藍眼睛。

「……」

他說到這裡便停了下來。低沉的嗓音消失，聽筒裡傳來的只剩碗盤碰撞聲。我發懶地靠坐在牆邊，聽他說話。當他形容駕駛座上的女子時，我瞪大了雙眼。藍髮、藍眼睛，不就是我們身邊的某人嗎？

我緊張地坐直身子，正當我想著他會不會繼續說下去時，他的聲音隨即響起。他淡漠地開口。

——我看到我媽坐在副駕駛座，大雨滂沱，讓我看不清楚她和她旁邊的女子……但我知道媽媽在笑。雖然我那時候還小，但也覺得媽媽看起來很幸福。

「……」

——她們倆是在美國留學時認識的，在各自成家後，還是會每週見一次面。她朋友嫁進了豪門，我去他們家玩的時候，有個怎麼跑都沒有盡頭的庭院。我在那裡認識了一個和我同齡的男生，他跟他媽媽長得非常像。

我緩緩地張大了嘴。他說的那個人，不用想也知道是誰。權恩亨的嗓音仍然溫柔，卻異常地平靜。在我啞口無言的時候，他又說道。

——聽說我爸媽年紀輕輕就結婚了，後來我才知道，他們是先上車後補票。他們去度蜜月時，肚子裡就已經有我了。

他說完後，呵呵笑了幾聲。

——我媽去旅行的時候，我爸在家一邊準備司法考試，一邊照顧我和妹妹。那時比我小三歲的妹妹也才兩歲而已。我爸跟我說媽媽在看這裡，要我朝外面揮揮手。雖然我看不清楚媽媽，但還是照他說的揮了揮手。我看著紅色的車子消失在灰色煙霧裡，內心有種異樣的感覺，就好像有怪物藏身在煙霧當中。

「……」

——然後她們就出車禍了。

在他淡淡地拋下這句話後，我屏住呼吸，瞪大了雙眼，雙腿微微蜷縮，這才明白他淡然說出的故事是指什麼。五歲的話，就是權恩亨母親過世的那年。他在描述發生意外的那一天。

權恩亨用毫不動搖的口吻說著那場意外。他繼續冷靜地把故事講完，彷彿那是他的義務一般。

——聽說是天雨路滑，有輛大貨車打滑了。後來檢查了車況，發現駕駛座毫髮無損，但是我媽坐的位子卻凹陷到慘不忍睹。

「……」

——所以我……討厭雨天。

權恩亨一說完，氣氛彌漫著令人心痛的沉默。我蹲坐在地，聽著電話那頭收拾碗盤、忙碌走動的聲響，然後心煩意亂地把臉埋進膝蓋裡。接著，我聽見權恩亨試探地問道。

——妳爲什麼……討厭三月二日？

「……」

我聽到他這麼問，不禁默默地咬唇。果然，權恩亨也知道我對三月二日格外敏感。畢竟我們都相處三年了，他怎麼可能不曉得？

我咬著唇，默不作聲，露出了虛脫的笑容。我決定用豁出去的態度回應他。

「我不是討厭三月二日。」

——……

「就算不是這一天……我也會做夢。夢到我從床上醒來，那是個平凡的早晨，可定睛一看，制服卻不是原本的制服，牆壁上的時鐘也變成了普通的時鐘。然而爸媽還是同一個，我家也沒變，不一樣的只有那兩件事。我吃完早餐，背上書包打開大門……」

話說到一半，我吸了口氣，卻無法抑制發顫的自己。我緩緩垂下視線，用顫抖的嗓音說道。

「沒有潘如翎。」

——……

「不只她，你們也不存在在這個世界上。」

我的睫毛一顫一顫的，雙手緊握著手機。

「這種事，我已經經歷過一次了。」

聽筒那端悄然無聲。聽不見碗盤的聲音，也聽不見水聲，只有徹底的沉默。就這樣，我的三月二日又黯淡地開始了。窗外仍下著猛烈的雷陣雨。

★

距離此刻的一年前，也就是二〇〇九年三月二日星期一，是我升上國三的那一天，也就是開學日。

那天，我睡眼惺忪地起床，在發現已經九點了之後，魂飛魄散地在家裡急得直跳腳，後來聽潘如翎說開學典禮是十點半，這才急急忙忙地開始準備。

當我踏出家門時已經十點了，但晨霧仍未散去，四周還是灰濛濛的一片，枯瘦的樹木在霧中揮舞著枝條。我和潘如翎兩人走在靜謐又冷清的道路上。

今天早上就像過去的三月二日一樣，是個憂鬱的早晨。然而，距離學校愈近，我的心情也跟著逐漸好轉。在去學校的路上遇見國二被分到不同班的劉天英和權恩亨時，我還開朗地向他們打了招呼。

潘如翎皺著紅紅的鼻子和他們聊天，內容大概就是希望國三能同班這類的，然後我們一群人便浩浩蕩蕩地前往禮堂。

可能是暖氣才開沒多久，禮堂裡的空氣還是冷颼颼的。我和潘如翎開始尋找二年五班的位置，才花不到五秒就找到了。原因很簡單，因爲二年五班的班長正是擁有一頭華麗銀髮的殷智皓，要在全校學生裡找到他，簡直易如反掌。

他圍著紫色的圍巾，看到我們後只是淡淡地點了點頭。反而他隔壁的禹宙仁正專心看著手中的遊戲機，一發現我們來了，便馬上露出燦爛的笑容，踩著他特有的步伐來找我們。

他一看到我就抱住我的脖子。我回抱禹宙仁，開心地笑著。在一旁盯著我們看的殷智皓不禁開口。

由於我們早早就抵達學校，離開學典禮還有二十分鐘，因此在場的同學寥寥無幾，所以殷智皓才會像平常一樣，露出無精打采的表情挖苦我。

「欸，宙仁，輕一點啦。咸小丹最近只要稍微動一下，骨頭就會發出喀喀聲。」

靠，你就不會嗎？我皺著眉反駁他。

「拜託，久坐難免身體會有點僵硬嘛。」

「我聽到那個聲音還以爲妳骨頭要碎了，差點叫救護車耶！那哪叫有點僵硬？妳去看個醫生吧。」

「少囉嗦！」

就在我們吵吵鬧鬧的同時，劉天英在拉上窗簾的禮堂後方，那裡一片漆黑，他把臉靠在前面的椅背上，默默打著瞌睡。

權恩亨好像要上臺致詞，他不停翻閱手上的紙，和我們對到眼後便朝我們揮了揮手。可能是因為現在人還不多，他沒有走過來，而是直接在座位上對我們大喊。

「喂，殷智皓！」

「幹嘛？」

「不要欺負小丹了，趕快背演講稿啦！」

看來殷智皓也要上臺演講。可是他不但沒有感謝權恩亨親切的忠告，反而冷笑一聲，機車地回應他。

「我早就背好了！你在幹嘛？還沒背起來喔？」

權恩亨在黑暗中默默地舉起中間那根手指回敬他，帥氣的臉龐掛著燦爛的笑容。

沒錯，我點點頭。即便是心胸和大海一樣寬闊的權恩亨，面對殷智皓剛剛的挑釁也難以心平氣和。

看見權恩亨的手勢，殷智皓一個箭步衝上前弄亂他的頭髮，大肆對他開玩笑。他們不斷打打鬧鬧，直到吵醒了睡得香甜的劉天英，聽見他用殺氣騰騰的嗓音叫他們適可而止，才停止了這場鬧劇。

我和潘如翎在一旁觀看禹宙仁打遊戲的時候，其他同學才陸陸續續抵達禮堂。畢竟都要國三了，大家也都滿熟的。禮堂的椅子幾乎坐滿了人，我抬起頭才發現權恩亨和殷智皓早已不見蹤影。

劉天英仍然垂著肩膀，不過已經換了個環抱雙臂的姿勢，睡得很沉。他隔壁的男同學看他一晃一晃地打盹，不曉得是心疼還是覺得危險，後來便讓他倚靠在自己的肩膀上。

劉天英今天也靠在某個親切的同學肩膀上睡覺。我和潘如翎看著這一幕忍不住嘻嘻笑，然後再次轉過頭。

升上國三，通常不會有什麼變化，但我們國中是明星國中，所以爲了進入明星高中，必須在這一年用功苦讀。

校長結束了要大家好好念書的一席演講後，接著換理事長，然後是政府相關人員。輪到權恩亨和殷智皓上臺時，我和潘如翎早已頭靠頭，進入了夢鄉。

最後，老師說禮堂玻璃門上貼著分班表，要大家自行確認，我和潘如翎這才睡眼惺忪地起身，走向禮堂入口。

在茫茫人海裡要找到自己的名字實屬不易，我好不容易看完二班的名單，抬頭要開始看三班時，有個人突破人群伸出手，敲了敲我的腦袋。

誰啊？我訝異地四處張望，但人實在太多了，根本找不到是誰。我錯愕地左顧右盼，接著又看到有隻手伸了出來，這次他將我拉了過去。還想說是誰呢，原來是禹宙仁啊。

他彎起褐色的眼眸，對我露出大大的笑容。我迷迷糊糊地看著他，接著彷彿被點醒，開口問道。

「啊，難道……我們同班嗎？」

「嗯！」

「哇！」

我開心地緊緊抱住禹宙仁，他的身高比想像中還高，嚇了我一跳。明明放暑假前還跟我差不多高的啊，不知不覺他就超過了一百七十公分。雖然我們假期間也見過很多次面，但我此刻才突然眞正感受到。我訝異地抬頭看他，突然旁邊有另一隻手輕拍我左肩。

轉頭一看，是潘如翎和四大天王的另外三人。我看著潘如翎，不用問也知道我們同班——**網路小說的法則第6條：主角永遠都和摯友同班**。

我望向一臉開朗的殷智皓，隨即蹙眉。殷智皓看到我的表情，也跟著皺眉問道。

「喂，妳那什麼表情？」

「哎呀，殷智皓同學，注意你的態度喔。這邊那麼多人，怎麼可以露出本性呢？」

我笑嘻嘻地嗆他。是因爲開學典禮太浮躁了嗎？他今天好像沒能好好維持形象。

聽見我和善的建議，殷智皓咬牙切齒地露出笑容，一個字一個字地問我。

「妳、那、是、什、麼、表、情？」

「吼，殷智皓走開啦。小丹，有個噩耗。」

潘如翎無視殷智皓，直接撞開他，站到我前面。她一臉嚴肅，不過誇張到很明顯就是在演戲。

我也跟著表情扭曲，露出沉痛的模樣，開口問她。

「怎麼了？」

「就是……唉，在場的殷智皓今年也跟我們同班。」

我大步走向前，一把握住潘如翎的手。眼神濕潤地跟她對視，同時喊叫出聲。

「天吶，眞是太悲劇了！」

「我們眞的好衰。」

「啊，眞是的。」

我與潘如翎手牽著手，在殷智皓煩躁地嘟囔時，權恩亨和劉天英突然擠進我們之間。我下意識地將視線轉過去，看到他們明亮的雙眼後，頓時愣了一下。啊，不會吧？莫非……

就在我要問出口之際，在禮堂玻璃門附近確認分班表的某個同學發出了大大的感嘆。

「咦，超猛的，四大天王都在同一班耶！」

「……」

聽見這句話的我，目光和權恩亨與劉天英相交，揚起了嘴角。

權恩亨原本要開口，聽到這句話便閉上了嘴。他略帶慌張地轉了轉眼珠，在與我對看後，笑咪咪地開口。

「事情……就是這樣。」

我一時語塞，呆站在原地好一陣子才回過神來看了看周遭。豔陽高照，陽光從高處的窗戶傾瀉而下，茶色木地板被照得閃閃發亮，反射出刺眼奪目的光芒，而光線將他們照映得更爲鮮明。

我緩緩地看著紅髮的權恩亨、今天髮色特別蔚藍的劉天英，以及擁有一頭偏金褐髮的禹宙仁，最後則是如魚鱗般散發細微光芒的銀白髮的殷智皓。接著我看向旁邊那個彷彿遺失羽翼的仙女，陷入了沉默。

不久後，我拍了拍手。啪、啪、啪。我虛無的拍手聲在騷動早已平息的禮堂響起。禹宙仁狐疑地問我。

「幹嘛拍手？」

我在感嘆作者，不但把校排前兩名分在同一班，升上國三後又強行把四大天王湊在一起。

我露出空虛的笑容，在心裡默默回答。

★

新學期的教室裡彌漫著特有的興奮氣息。才打掃沒多久的木地板，打蠟仍然光滑透亮，還有教室後方擺放得整整齊齊，上頭還沒貼上名字的置物櫃，以及空蕩蕩的書桌。

我坐到窗邊第一排，把書包掛在桌子旁，抬頭環顧整間教室。看著大家的臉都紅通通的，我默默地想：原來興奮的人不只我一個呀。我的視線緩緩轉向掛在牆上的月曆。月曆上的三月二日，已經不如過去那樣令我感到痛苦了。

窗外陽光傾瀉，天空就像染上顏料似的湛藍。我撐著下巴，假裝低頭在看操場，頭腦則開始整理自己的思緒。三月二日根本也不算什麼嘛。

昨晚什麼事都沒發生，不，準確來說，是從「網路小說開始」的那天起，已經過了七百三十天，什麼事都沒發生。

這個世界看起來再也不會改變，我一開始的「遠離潘如翎計畫」也已經化爲泡影許久。此刻的我，不只和潘如翎，也和四大天王變成非常要好的朋友了。

由於兩年前最令我擔心的事已經成眞許久，所以我並不在意，也決定不去在意。

我再次將視線轉回教室。

氣氛懶洋洋的教室裡，新的年輕班導慢條斯理地說著話。他的聲音聽起來不會令人反感，但是我的耳朵早已習慣四大天王的魅惑嗓音，所以不怎麼滿意。

我看著殷智皓的後腦勺，他一如往常挺直腰桿，專心聽著老師說話。接著，我和坐在隔壁排的禹宙仁對到眼，他調皮地笑了笑，對我眨了下眼睛。原本我也想回敬他一個啾咪，但怕傷眼，只好放棄。然後我轉頭看向後方。

劉天英一臉無聊地看著操場，下一秒和我對到眼的他嚇了一跳。他彎起湛藍的雙眼，對我露出難得的笑容，讓差點心跳停止的我趕緊轉過頭。卻聽見後方傳來淡淡的笑聲，我又轉頭一看，發現是權恩亨。

潘如翎蹙眉看向後方，用瞠目結舌的口氣悄聲說：「嚇，一群壞學生，老師在講話竟然還吵個不停！」然後劉天英噗哧一笑，她也跟著笑了起來。下一秒，權恩亨也加入了他們。他們吱吱喳喳，開心地講著悄悄話。看著這樣的他們，我不禁自言自語。

「好吧，反正都變成朋友了，那就繼續好好相處吧。又不會怎樣！」

過去這平穩的兩年已經改變了我很多。現在的我，看見月曆上寫的那句「網路小說開始的第一天」，偶爾還會無言地笑出聲。我是不是對那天太敏感了？除了跟這輩子第一次看到的人變成朋友之外，沒有任何證據能證明我穿越到小說世界嘛。

而且相處下來，才發現潘如翎跟我的個性眞的很合。我們會是朋友一點也不奇怪，要填補這十三年的空白也不成問題。如今，我們情同手足。

雖然我們成爲朋友也不過兩年而已，但我偶爾會忍不住自嘲：說不定其實是我失去記憶了，這並不是小說。

「這並不是小說」這句話讓我激動無比。

我看著窗外，嘴角悄悄揚起。

他們不是小說人物，當然，我也不是。我的言行舉止，全都是出自於我的意志，沒有無形的手在控制我，他們也一樣。他們對我的態度，都是發自內心的，並不是主宰者決定的，絕對不是……

我敢斷言，二〇〇九年三月二日的午後，慵懶的暖陽從未關上的窗戶裡灑了進來，我一邊晒著太陽，一邊聽著他們的笑聲，那是我最幸福的時候。現在也還是如此，即便是過了一年的此刻，還是沒有一刻能超越當時的幸福。

然而，這份幸福才維持不到五個小時，便化作泡沫。

★

窗外仍然下著滂沱大雨，指針毫不停歇地轉動著，不知不覺指向七點二十分。我蜷縮著膝蓋，屏住呼吸好一陣子，話筒的那端也是默不作聲。

不久後，權恩亨打破了沉默。他的語調和聲音是過去不曾有過的小心翼翼。

——我還記得去年三月二日……不記得才奇怪吧。那天我們六個又變成了同班同學，而且還發生了其他事。

「嗯。」

——我……

他說到一半停了下來，彷彿在濡濕雙唇。然後，他彆扭地接著說。

——那時……我心情眞的很好。我還記得，那天天氣晴朗。

「嗯。」

——所以大家就在討論要不要去開趴慶祝我們同班，尤其是智皓和宙仁最積極。但妳說妳昨晚沒睡好，要回去補眠，還說以後每天都會看到膩了，有什麼好慶祝的，於是這場派對就破局了。

原本我的心情格外憂鬱，但聽見權恩亨這一席話，不禁笑出聲來。權恩亨的嗓音總是能讓聽者生動地想起當時發生的事。我的眼前浮現自己說出那些話時的愚蠢表情，怎麼可能忍得住笑意。

我笑到肩膀抖個不停，過了好一會兒才緩緩皺起臉，因爲我想起回到家後發生的事。也許那天眞的該去開趴慶祝要和這些人見面見到膩，這樣的話，我可能就不會經歷那種事了。

我緊握拳頭，悠悠地開口。

「對啊，結果最後大家達成協議，說要解散回家。」

電話那頭傳來笑聲。權恩亨用溫柔的嗓音接著說道。

——那不是協議吧？是妳說要回去補眠，如翎就馬上牽起妳的手，說她要去妳家跟妳相親相愛地睡覺，而且妳還會讓她枕著妳睡。妳一臉累得要死地說好，催促著她趕快走，我們根本沒有選擇的餘地啊。

一想到我和潘如翎離開後，站在原地的他們，我又忍不住笑了出來。我一邊默默地笑著一邊回應他。

「啊，對吼……抱歉，當時我和如翎回家睡覺了。我們一回到家就在客廳裡躺下了，連燈都沒開。學校制服不是很緊嗎？可是我們倆竟然都沒換衣服就睡著了，大概睡了三個小時？超久的。然後，我醒來的時候……」

我在關鍵時刻停了下來，潤潤嘴唇，權恩亨還是不發一語地等我開口。呼吸聲在我們之間持續了一段時間。接著，我閉上眼睛，緩緩吐出顫抖的聲音。

「潘如翎不在旁邊。」

——……

「我當時看了一下時鐘，已經五點了。我心想，啊，如翎昨晚又不是沒睡覺，我知道自己在她躺下不到五分鐘就睡著了，她應該是中途醒來就回家了吧。但是我起身環顧客廳，卻有種異樣的感覺。我觀察著周遭怪怪的地方，才發現原來是衣服。哈，我的制服……變了。變成普通的藏青色制服，好笑吧？竟然是制服……」

我說到一半，抬手緊緊抓住散落到額頭的髮絲。呵，我歪斜著嘴角，自嘲地笑了笑。窗外傳來淅淅瀝瀝的雨聲，房裡充斥著壓抑的沉默與一片漆黑。

我又再次垂下視線，喃喃自語。我現在到底在幹嘛？誰會相信一覺醒來，制服就變了的這種事？誰會相信穿越世界這種事……

認識的人在這個世界上被徹底抹滅，這種事誰會相信？到底誰信？我打給權恩亨講這些話，究竟圖的是什麼？

我大力扯著頭髮。笨蛋、笨蛋。我低喃著，聲音彷彿傳了過去。

權恩亨用堅定又溫柔的嗓音對我說道。

——小丹。

「……」

——妳有在聽嗎？

我努力地想回應一聲「嗯」，但因爲要壓抑哭聲，能發出的只有如同悲鳴的回答。然而，可能是被權恩亨聽見了，他停頓了一會兒便說道。

——我會一直聽妳說……想說就說吧。

「……」

——說不出口的話，可以先休息一下……要多久都行。妳想什麼時候說都可以，只要妳覺得自在就好，我不會掛電話的。

我鬆開緊咬的唇，再度緊閉雙眼，然後吐出長長的嘆息。權恩亨仍舊不發一語，但是他的呼吸聲，讓我知道他還在。

他溫柔的回應讓我感激不已，甚至覺得這次眞的要哭出來了，但我還是盯著天花板，費盡心思地忍住眼淚。接著緩緩開口，努力地用淡淡的口氣問他。

「你還記得那一晚嗎？當時我在宙仁家門前。」

——我……怎麼可能忘記？妳那天不知道哭得有多傷心，雙眼都腫了。而且出門時不曉得有多急，不但穿著不合腳的拖鞋，還起了一堆水泡，然後呆坐在宙仁家門前。

聽著他的聲音，我慢慢閉上雙眼。沒錯，那天晚上我縮在禹宙仁家門前，被他發現了。他馬上打電話給大家，距離他家最近的劉天英和權恩亨，還有殷智皓和潘如翎，一個個都飛奔而來，將可憐兮兮地縮成一團，像是流浪漢的我一把扶起。

我好不容易起身，但雙腿實在太痛了，走不動。禍不單行的是，視線一片灰濛濛的，我連扶我起來的人是誰都搞不清楚。

我告訴他，我那天會蜷縮在禹宙仁家門前的原因。

「我想去宙仁家，結果找不到……一直在四處徘徊。」

權恩亨馬上回覆道。

——我那天難得聽到天英講這麼多話，雖然妳應該不知道，但大概睽違三年了吧。他一直說：天啊，宙仁家不就近在眼前嗎？怎麼會找不到？而且妳也去過好幾次了啊。宙仁還畫了他家附近的地圖，然後放入妳手中。

「我那天不是迷路。」

權恩亨話一說完，我就馬上接著說，然後慢慢地吸著氣，再次閉起眼睛。回想起當初的事，我的心臟又跳得飛快。我低聲告訴自己。

雨還在下，我也還在和權恩亨講電話，一切都跟之前一樣。

短暫的沉默過後，權恩亨反問我。

——那是怎麼了？

我張開雙唇，卻吐不出半句話。好不容易才嚅動著嘴唇，費力地回應他。我垂下視線。

「我醒來發現制服變了之後，就馬上查看手機，然後就放心了。因爲你們的名字都在上面。潘如翎、禹宙仁、權恩亨……都在聯絡人名單上。於是我按下潘如翎的電話……可是是空號。」

——……

「所以我隨手抓了件夾克，穿著拖鞋就跑出家門。我瘋狂地敲著隔壁的門，擔心要是沒人在家怎麼辦？結果開門的是一個陌生的大嬸。就……如翎不是很漂亮嗎？那都是遺傳到她媽媽，可是那個人我不認識。我探頭往裡面看，問那位大嬸，潘如翎在不在家？她竟然說她老公姓何，然後一臉狐疑地當著我的面把門關上。」

說到這裡，我用力地握著拳頭。權恩亨則是不發一語。他沒問我是不是瘋了，只是靜靜地聽我把話說完。

還要再說下去嗎？我問自己。但我知道這是個沒有答案的問句。我想告訴他，不管是誰，我想讓對方知道。於是我又開口說了下去。

「我也有打給你們四個……三個是空號，一個一接起來就對我狂罵髒話，是你的號碼，但那個人絕對不是你，也不是你認識的人……我、我不知所措地愣在原地……後來，你們每個人的家我都去過了。從我家走去殷智皓家根本不用十分鐘……你也知道，他家很金碧輝煌。天氣很冷，我的夾克卻扣不起來，而且我一回家就脫掉襪子了，穿著拖鞋的腳也凍得發寒。但我不想回去，我只想趕快確認殷智皓是不是在家，是不是在這個世界……不，我想確認的是，這個世界是我睡著前的那個世界嗎？」

——……

「殷智皓家竟然變成了廢墟。他根本不可能住在那種地方……所以我馬上搭了一個小時的地鐵，跑去你家和劉天英家。出了地鐵站才發現外頭早已天黑。你家和劉天英家變成了工地，呃，就是鋼筋上頭蓋著綠色布棚，然後木板散落一地那樣。我看著這個畫面……」

我話說到一半，忍不住緊咬著唇，一滴淚水緩緩從臉頰滑落。我眨了眨被淚水浸濕的睫毛，緩緩地抬起頭。

雨勢逐漸轉弱，可能是天亮了，我的房間變得比剛才還明亮。

權恩亨仍舊沒說話，也沒有收拾碗盤的聲響，只是斷斷續續地發出似乎是敲擊鍵盤的「嗒嗒」聲。可就連那個聲響也愈來愈小。

我沉默了許久，權恩亨開口問道。

——……那宙仁家呢？

「只有他家是一模一樣的，房子的外觀沒有任何不同，但是我沒有按電鈴。」

——爲什麼？

我緩緩地眨著眼，重新握起拳頭，回答他。

「萬一我按了，只有房子的外觀相同……出來應門的卻是別人，到時候就眞的是大家都不在了。」

——……

「我不想確認，只能束手無策地坐在他家門前，但是眞的太冷了，一不小心我就睡著了。醒來之後，宙仁就出現了。」

——嗯。

電話那頭傳來微微的回應。我緊閉雙眼，「啪嗒」，下巴上的淚珠滴到灰色T恤上頭。我開口。

「宙仁問我在這裡做什麼，我、我還以爲自己是在做夢……」

——……

「殷智皓不是還跟我說打一通電話就能解決的事，爲什麼要呆坐在宙仁家門前，這樣要手機幹嘛……他還凶我說是不是捨不得繳電話費，乾脆解約算了。」

——嗯。

我又聽見他回應，他的聲音比剛才更低沉。爲了繼續說下去，我動了動嘴唇，並再次閉起眼睛，讓聚集在眼眶的淚水滑落。

我張開嘴巴，聲音卻像是從心臟發出來似的。對我來說，要說出這些話就是如此困難。我嘴唇顫抖地說道。

「我、我要怎麼打電話？那些都是空號啊，我又不是笨蛋！要是打一通電話就能解決，何必跑到他家門前……」

——……

「我是眞的，沒有辦法了啊。」

權恩亨一句話也沒說。

★

有好長一段時間，權恩亨開不了口。奶油色的窗簾上仍印著一點一點雨滴的影子。雨還是下個不停。

這正是權恩亨一大早就陷入憂鬱與無力的原因，也是劉天英來他家的原因。

劉天英的房間和他家在同一棟宅邸，走路不用三分鐘。

劉天英作爲最清楚小時候那場意外的人，只要碰到下雨天，就會來這裡安撫他的情緒，不做什麼特別的事，就是和好友待在同一個空間，僅此而已。

權恩亨拿著手機沉默不語，接著不經意地抬眼看向劉天英。

他懶洋洋地靠著電腦椅，放在鍵盤上的雙手早已沒有動作。『他是什麼時候停下來的？』權恩亨心想。

螢幕裡，其他角色都忙碌地跑來跑去，劉天英的角色卻站在畫面中央一動也不動。玩家沒有下指令，就只能獨自站在戰場中待命。那張臉在螢幕光線的反射下顯得格外蒼白。

權恩亨看著劉天英的表情就猜到了。他和咸小丹開始講電話的那一刻，劉天英的手速雖然稍微變慢，但並沒有完全停止。然而當咸小丹口中說出關鍵字時，他就徹底停下動作了。

權恩亨仍然把手機放在耳邊，視線卻瞟向螢幕。向來速戰速決的劉天英到現在連一局都沒打完，本來就讓他覺得怪怪的，現在回神果然如此——劉天英一邊打遊戲，一邊聽著他和咸小丹的對話內容。這時，劉天英的視線也轉了過來。

劉天英僵坐在電腦椅上，用那雙獨特的湛藍眼眸看著他，彷彿透析一切。

權恩亨盯著劉天英，然後緩緩地吐了口氣。耳邊傳來嘟、嘟、嘟……的聲響，咸小丹把電話掛掉了。

權恩亨想著，在那件事發生後過了一年的今天，咸小丹才又再次提起。準確來說，是從那天到現在，整整三百六十五天，咸小丹都將這件事埋藏在心中，獨自一人對抗著無盡的恐懼。

要是她能說出來，一定會輕鬆不少吧，但她無法傾訴的原因非常簡單。

這種一聽就讓人無言的事，如此不切實際，又該怎麼告訴別人？

要不是今天說的人是咸小丹，別說是普通人了，連權恩亨都會覺得對方是在騙他，直接就把電話掛了。他回想著那一天的咸小丹。

沒錯，她確實是有點不對勁，尤其是手機明明還有電，卻不肯打電話，只是蜷縮在禹宙仁家門前，這種行爲怎麼看都很奇怪。

當時他認爲咸小丹會這麼做應該是有其他理由，但是當眾人在禹宙仁家集合，他看咸小丹坐在紅色沙發上，雙手捧著冒著熱氣的馬克杯，一臉安心地笑著，便以爲「小丹應該沒事了」，草草忽略了此事，也許這就是問題所在。

她好不容易才開口說出這些猶如幻境的事情，一定很想知道自己的反應。是要她不要說謊，還是要安慰她，說聲辛苦了。她一定想知道他的回應會是哪一種，然而她卻沒有等待他的回覆，逕自掛掉了電話。

在通話結束前，權恩亨聽見了微弱的哭聲。所以，咸小丹還沒聽到他的回應便掛上電話，是因爲不想讓他聽見自己的哭聲。

壓抑的沉默充斥權恩亨的房間，雨勢逐漸變小，白雲透出微弱的陽光，映照在奶油色的窗簾上。他起身走向窗邊。

一把拉開窗簾，眼前是被烏雲籠罩的天空。陽光穿過深灰色烏雲的縫隙，筆直地落在宅邸的庭院。

權恩亨迷茫地望著眼前的光景，劉天英則是一句話也不說，螢幕裡的角色不知何時早已倒地身亡。那頭黑髮在陽光照耀下，染了一絲蔚藍。

權恩亨靠在窗邊看向劉天英，開口。

「你都聽到了吧？」

他的嗓音打破了沉默，如同冰冷的水滴冷卻了空氣。

劉天英垂眼盯著地板，然後緩緩地抬起頭，烏黑的髮絲微微搖晃。

他回答道。

「怎麼可能沒聽到？」

「你要是投入在遊戲中，應該只會聽見遊戲的聲音吧。」

權恩亨婉轉地表達。劉天英會聽見電話內容，是因爲他很認眞豎耳傾聽。

劉天英陷入沉思，接著吐出嘆息，緩緩地點了點頭。

原本靠在窗邊的權恩亨又走回床邊。他坐到床上，低頭看著手機。

螢幕一片漆黑，她沒有再傳訊息，也沒有再打電話過來。

權恩亨突然問道。

「你覺得呢？」

「覺得什麼？」

「小丹說的那些話。按照常理來說眞的令人難以置信。你怎麼想的？你覺得她說的是眞的嗎？還是那只是一場夢？」

他邊問邊直視著劉天英的雙眼。後者關上電腦螢幕，把椅子轉向權恩亨，和他對看。

煩悶的沉默彌漫在兩人之間，不久後劉天英開口說道。

「她一定還隱瞞著什麼。」

「……怎麼說？」

「既然那件事是發生在二〇〇九年三月二日，那她二〇〇八年的三月二日應該不怕才對，可是我記得咸小丹那時候也傳了訊息跟我說她睡不著。」

「說不定她當時只是抗拒開學？」

「現在回想起來……她應該不是睡不著，而是排斥睡著。」

劉天英一臉認真地說。他好像已經相信咸小丹剛才說的話是真的，而且認為她仍有所保留。

權恩亨努力回想二〇〇八年的咸小丹，當時她一頭棕髮長至胸口，他還記得那個髮型非常適合她。

劉天英說的沒錯。的確，只要愈接近三月二日，咸小丹好像就愈神經質。甚至有一次，他還目睹了咸小丹為了不睡著，故意用自動鉛筆刺自己的手臂。然而，她不睡覺也不是為了要念書。

當時他還無法理解為什麼咸小丹會如此拚命，如果她只是害怕睡著，那劉天英說的就是對的。

她在那之前一定也經歷過其他事情，而那件事和睡著有所關連。意思就是，她會失眠是從二〇〇八年以前開始，持續至今。

在權恩亨安靜思考的同時，劉天英突然打開自己的手機，拇指不斷按著按鍵。權恩亨抬眼看見他的動作，困惑地問道。

「你在幹嘛？」

劉天英湛藍的眼眸忙著掃視手機畫面，接著他喀一聲闔上手機，抬頭看向權恩亨，開口問道。

「……二〇〇九年三月二日，潘如翎和咸小丹回家以後，我們做了什麼？」

「那時候……」

權恩亨緩慢地搜尋著記憶。那天他們四個呆愣愣地看著咸小丹和潘如翎離去的身影遠去後，決定按照自己的方式慶祝同班。由於每天都去網咖，所以去網咖的提議馬上遭到駁回，而看電影、去遊樂場也都以一樣的理由被否決。

最後他們慢悠悠地移動腳步，說好週末大家再一起出去玩。因為二〇〇九年三月二日是星期一，大家都認為這個計畫很合適。然後，權恩亨和劉天英走路回家。到家之後……

「我們在傳訊息討論週末要去哪玩。」

「嗯，對……潘如翎大概下午四點開始回訊息。」

「嗯。」

權恩亨淡淡地回應，劉天英則默默地皺著烏黑的濃眉。一提起這件事，權恩亨便突然意識到什麼，他在內心猜想。

沒錯，那天潘如翎回家後，過了兩個小時，大約下午四點就開始和大家傳訊息。既然如此，他們就應該要問她，咸小丹是否起床了吧？

不對，打從一開始……權恩亨臉色逐漸蒼白。他低頭看向手中緊握著的手機，螢幕仍是一片漆黑。倒映在畫面中的自己，眼神格外動搖。

打從一開始，他們就計畫六個人一起玩。大概兩點時，他傳訊息給潘如翎，也應該同時傳給咸小丹才對。

然而他並沒有這麼做。他想著，等她們醒來就會回覆他，所以就傳了訊息給潘如翎，可是並沒有傳給咸小丹。

從下午兩點到發現咸小丹在禹宙仁家門前的晚上十點之間，這八個小時的空白期間，權恩亨並沒有傳訊息給她，也沒打電話給她，就好像、好像是……徹底遺忘了咸小丹這個人的存在一樣。

劉天英問的問題，正好也是剛才權恩亨在思考的事情。

「說好大家一起出去玩，怎麼可能獨獨就忘了跟她聯絡？」

「……忘記的人不是只有你。」

權恩亨費力地回應他，接著沉默不語。

耀眼的陽光緩緩地照亮了整個房間，然而彌漫在兩人之間的沉默卻格外冰冷。空氣令人毛骨悚然，像是有一隻看不見的手，掃過了他們的背脊。

權恩亨看著書桌下的深黑色倒影，腦海中再次回想起咸小丹那天發生的事。

隔壁鄰居在一夕之間換了人、電話號碼不是空號就是陌生人接的、朋友的家變成廢墟和工廠，他無法想像，遭遇這些事，內心會有多恐懼。

而劉天英和權恩亨也經歷了同樣的狀況，儘管他們的變化沒有這麼明顯，可在咸小丹發生那些事情的時候，他們的腦海裡已經抹除了她的存在，甚至沒有意識地，自然而然就將她遺忘……

突然，權恩亨聽見劉天英的聲音，他抬起頭。好友的臉龐在陽光照映下顯得更加蒼白，猶如玻璃娃娃。

唯一有血色的地方便是嘴唇，而那雙唇卻微微顫抖著。

他們一對到眼，劉天英便脫口而出。

「好可怕。」

「……」

權恩亨嚇了一跳，他還是第一次看到劉天英如此嚴肅地說可怕，他可是那種看恐怖片眼睛都不眨一下的人。劉天英的深藍睫毛一顫一顫，他緊閉雙眼，低聲呢喃。

「比起她有可能在一瞬間消失，我覺得在她消失後，隔天我們卻不會有人察覺到……更可怕。」

「……」

「總有一天，我們也會在聯絡人裡發現空有姓名卻沒有號碼的『咸小丹』吧？萬一那時也想不起她是誰，我們會打電話過去，然後因爲發現是空號，就將資料刪除，到時候她連最後一點痕跡也會消失。」

「哈。」

權恩亨低聲一笑。

劉天英是對的，要是他們沒有在禹宙仁家門前發現咸小丹的話，他們會到什麼時候才想起她？

不只超過八個小時，說不定會忘記她超過一天，也有可能是一個星期……或是好幾年。

他們倆沉默了好一會兒。那種不切實際的事，竟然有可能無聲無息地發生在他們身上，這個事實讓權恩亨一陣頭昏腦脹，說不出半句話來。劉天英也是同樣的心情，他坐在電腦椅上，臉色慘白地不發一語。

然後，權恩亨起身去確認雨停了沒。看著劉天英訝異的眼神，他開口說道。

「我們去找小丹吧。」

「……」

「她把話說完後，還沒等我回應就直接把電話掛了，現在應該自己一個人在房間裡哭。」

這句話讓劉天英站起來穿上昨晚脫在一旁的外套。

劉天英正是在昨晚十一點左右闖進權恩亨家，他此刻仍醒著，也是因為熬夜打電動，否則還這麼早，他是不可能起床的。

兩人頂著一頭亂髮走出家門，時間也默默地來到九點。

我把臉埋在枕頭裡，不知道躺了多久，手機突然振動，害我嚇得彈了起來。

不知不覺，烏雲已經散去，天空一片晴朗。我看著黑色的螢幕上顯示「恩亨」，不禁默默地屏住呼吸。

接了電話，他會對我說什麼？「講完電話後，我思考了很久，再怎麼樣，妳講的那些事好像都不可能是眞的，妳會不會是在做夢啊？」如果他這樣跟我說，我也只能點頭說對，畢竟我不想變成他眼中的神經病，除了這樣，別無他法。

哈，我吸了口氣，打開手機，接著拿到耳邊。下一秒，我嚇了一跳，因爲從手機裡傳來的並不是權恩亨的聲音，而是劉天英。由於過度驚嚇，手機差點就掉了。

我慌張不已，他卻泰然自若地開口，彷彿我們不曾吵過架一樣。

——我在妳家門口，出來。

「……？」

他在說什麼？我一臉困惑地看著手機。他用他獨特的冷淡口氣複誦了一次讓人難以置信的話語。

——我在妳家門口啊，快出來。恩亨也在。

「呃，蛤？」

——今天是禮拜天，妳爸媽應該也在家，怕他們不自在，還是別在妳家玩好了，我們出去吧。

我又再次看了眼手機。

明明是權恩亨打給我，接起來卻是三天沒聯絡的劉天英，這就已經夠讓人驚嚇了，他還突然說什麼在我家門口，要我出去，到底是怎樣……

我嚅動著嘴唇，開口問道。

「要去哪？」

聽筒那端陷入短暫沉默。接著，他用我們吵架前常見的冷淡卻柔和的嗓音回答了我。

——去妳想去的地方。

「……」

——哪裡都行。

我差點就拿著手機哭出來。

眞是猜不透劉天英這個人，尤其是他偶爾用溫柔的語氣對我說話時，我都會不知該如何是好。就算被他傷害，只要他一個笑容，我的心便會無可奈何地融化。

我默默地緊閉雙唇，另一隻空著的手拚命地按著眼眶，然後費力地坐起並開口說道。

「我還沒梳洗，也還沒洗頭。不然你們在我房間等我，至少要二十分鐘。我現在就去開門。」

——在外面等也行。

「外面很冷，我去開門。」

我闔上手機，起身下床。剛走到客廳，便看到媽媽坐在沙發上看電視，而爸爸只穿著背心，一手抓著肚子，靠在客廳地板上看報紙。

我怕電視聲響太大，他們聽不到我說話，便站在門邊大喊。

「媽！」

「怎麼了？」

「天英和恩亨說他們在我們家門口，外面很冷，可以讓他們進來嗎？」

這時，媽媽才將視線從電視上哭得梨花帶雨的女演員身上轉向我。她一臉理所當然地點了點頭。

「當然可以啊！他們又不是別人，是我的寶貝兒子耶！叫他們把這裡當自己家。」

啊，是。我點點頭。翻閱報紙的爸爸抬起金框眼鏡，看著我說道。

「拜託，待在家裡玩就好了，這麼冷去外面幹嘛？昨天下了整夜的雨，剛剛才停，去外面很不方便，走路都會踩到水。叫他們來家裡玩就好，平常不是玩得很開心嗎？」

「他們怕你們覺得不自在啊。」

「有什麼好不自在的？我們也見過天英和恩亨好幾次啦，兩個人都安安靜靜的，跟紳士一樣。妳這女兒才讓我們不自在吧，跟隻猩猩似的。」

這一席話讓躺在沙發上的媽媽爆笑出聲。吼，可惡！我氣得直跺腳，大步大步地走向玄關。

開門前，我照了一下鏡子，確認除了醜醜的眼睛有點腫之外，其他都還行，便放心地開了門。

門外的劉天英身穿長至膝蓋的黑色大衣，他身後穿著灰色夾克的權恩亨對我笑了笑。兩人走進玄關，恭敬地對我爸媽打招呼，他們也馬上漾開了笑容。看到這一幕的我忍不住心想，我眞的有這麼像猩猩嗎？隨即便走進了浴室。

在我梳洗的同時，聽見了爸媽在客廳不間斷的說話聲，音量大到蓋過了電視聲和水聲。我一邊按摩著臉上的泡泡，一邊微微皺眉。『吼唷，爸很討厭耶。』

「老婆，我們女兒是不是犧牲了外表跟頭腦，把福氣都用在人脈上了？那是叫*歐印嗎？哎，不然她怎麼能帶這麼優秀的朋友回來，對吧？」

「哎呀，小丹哪裡不好？我們已經把她生得很棒了。啊，天英，阿姨最近有在電視上的綜藝節目看到你耶，照片拍得好好看！」

「謝謝阿姨。」

「你比我女兒精緻一百倍。」

聽到爸說完最後一句話，我刷牙刷到一半，忍不住怒吼。我的吼聲反彈到天花板，響遍了整個客廳。

「爸！吼，煩耶！」

爸爸不以爲然地回應我，口氣漫不經心。

「生什麼氣啊？我有說錯嗎？」
「爸！咳、咳咳！」
我叫到一半，不小心將泡沫呑進喉嚨，忍不住狂咳。嘔，感覺眞難受。
在我打開水龍頭不停漱口的時候，爸媽還在瘋狂貶低我，貶低到我不禁懷疑自己是不是他們親生的。
權恩亨時不時笑著爲我說話，眞是讓我感激涕零。
「小丹很漂亮呀，也很善良。」
「啊，我們小丹就該嫁給這種正人君子。」
聽到這裡，我用毛巾隨便擦了擦頭髮，等到頭髮不會滴水，便拿起扁梳胡亂梳著頭，然後看了看鏡子覺得有些羞愧。『唉，不管了。』我豁出去地走出浴室。
他們來之前怎麼不先跟我講一聲，這樣我就會先梳洗好啊。就算我們之間沒有男女之情，讓他們看到我蓬頭垢面的樣子，身爲女生的我也會害羞好嗎？
我踩著重重的腳步走到客廳，隨即瞪了爸爸一眼。他翹著腳，吃著洗好的草莓，看起來無比快活。
背對我坐著的劉天英和權恩亨轉頭看到我嚇了一跳，可能是因爲我頂著一頭用扁梳隨便梳過的濕髮，樣子不堪入目。

◎歐印：網路流行語，賭桌上籌碼一次全下的「All in」的音譯。

管他們的。我把濕答答的頭髮往後撥，開口說道。

「吼，爸，我眞的是你親生的嗎？我是撿來的吧！」

爸爸毫不在意地將一顆草莓放入口中，邊嚼邊說。

「這孩子一直到七歲，都還相信我們說她是送子鳥包在包袱裡叼來的。」

「爸！」

「啊，洗好了就趕快把頭髮吹乾啊，站在那幹嘛？」

爸爸若無其事地回應我，我怒視著他，深深地嘆了口氣。接著，我對依然溫柔地笑著的權恩亨拋出一句話。

「要是能投胎，我一定要當恩亨的女兒。哼，恩亨都會幫我說話，跟爸媽不一樣。」

「我們有怎樣嗎？有讓妳傷心嗎？」

「吼，可惡。」

平時被壓迫就已經夠讓我難過了，但是劉天英和權恩亨在場，我也無法反駁，只能跺腳表示不滿。這時，我突然感覺臉上有股熱辣的視線。

一轉頭，便發現劉天英正用那雙淡藍色眼眸看著我。下一秒，他和權恩亨同一時間開口。

「不行。」

他們異口同聲，彼此互看了一眼。權恩亨聳聳肩，而劉天英則轉頭看我。他用非常認眞的口氣說道。

「要是妳想當恩亨的女兒，那就沒剩多少時間能活了，妳想早逝嗎？」

「……」

我呆呆地站在原地，然後緩緩搖頭。也對，冷靜想想，距離權恩亨結婚應該只剩十到二十年的時間，畢竟女人們不可能放過這麼優質的對象，所以說只剩十年也不爲過。然而，如果下輩子想當他女兒，就必須先死掉。意思就是我頂多只能再活十年，那可不行，當然不行。

不過他們應該知道只是玩笑話啊……我吞了吞口水。劉天英一臉認眞地等著我的回應。除了我之外，連爸媽都僵住了。

我的反應彷彿讓劉天英很滿意，他露出笑容，瞄了權恩亨一眼。後者一臉驚訝地看向我。他慌張了一會兒，便溫柔地笑著說。

「嗯，我跟天英想的一樣。」

「哇，我女兒眞的很會交朋友耶。妳還站著幹嘛？快去吹頭髮啦。」

聽到爸爸回過神來對我這麼說，我才輕輕地搖了搖頭，拍拍頭上的毛巾轉過身。我低聲呢喃。

「唉，我眞歹命。」

客廳裡，他們繼續談天說地，毫不在意我的嘟囔。

難得看到劉天英和權恩亨，爸媽好像很開心。但是媽媽說的話，讓我停下吹頭髮的動作，猛地抬頭。

「對了，天英和恩亨也跟我們女兒一樣上昭賢高中吧！那你們也是明天開學囉？」

「對。」

「啊，那晚上要不要吃烤肉？阿姨要感謝你們這三年照顧小丹，以後也請多多指教……」

「嘖，妳也太不會想了吧！孩子們開學前一天應該要跟自己的家人一起吃飯、聊些正事，怎麼還約他們啊？」

「哎呀，也對。」

『爸，幹得好。』我安心地鬆了口氣，重新把吹風機靠近頭髮。

就在我放鬆警惕的那一刻，劉天英突然說出了出乎我意料的回答。

「沒關係，我爸今天很忙，所以可以一起吃晚飯。」

「……？」

「我也可以，但是這樣不會打擾到你們嗎？」

聽到權恩亨也隨之答應，我驚訝得張大嘴巴。『呃，不會吧，怎麼可能？權恩亨可是爲了禮貌，不願意在別人家用餐的人啊，怎麼連他都說好？』

媽媽不顧我啞口無言，開開心心地回應他們。

「哎呀，是嗎？既然如此，順便邀請如翎、智皓和宙仁好了！」

『媽，妳能承受得了巨額餐費嗎？』然而在我說出這句話之前，就聽見權恩亨主動說要聯絡他們，導致我陷入一片混亂。

劉天英就算了，權恩亨明明不是這種人啊，眞搞不懂他怎麼突變了。客廳裡的大家拋下慌張的我，開始以飛快的速度推進「慶祝開學烤肉派對」。

★

「哦，這樣啊？那好吧，嗯。」

爸爸從剛剛就在客廳角落焦躁地走來走去，對著聽筒不知道在說什麼。

電視裡播著最近收視率極高的連續劇，但是專心在看的只有媽媽一人。劉天英和權恩亨頻頻探頭往角落看，比起連續劇，他們更好奇爸爸在講什麼。

我看著他們，開口說道。

「我爸應該在跟如翎的爸媽講電話。」

「……？」

他們嚇了一跳，轉頭看我。

正好電視裡的女主角聽見男主角罹癌的消息，一臉震驚。她驚訝的表情和他們倆如出一轍，不禁讓我失笑。

這兩人狐疑地盯著我，我才收拾自己的情緒，接著說道。

「我們應該會跟如翎他們家一起吃飯。我想想喔，會有如檀哥、如翎、你們倆、殷智皓、宙仁、我……天啊，這樣有幾個人啊！」

我扳著手指算到一半，忍不住皺起眉頭思考，『十一個人會不會太多？就算將買肉的錢對半分，我們家負擔得起嗎？』而權恩亨聽我說完，突然想起了什麼。

他轉了轉綠色的眼眸，朝我問道。

「這附近有可以戶外烤肉的地方嗎？」

「嗯？十一個人？有啊，去露臺烤肉就行了，之前我們跟如翎他們家也是這樣。」

我聳了聳肩，回答道。雖然在我印象中只有那麼一次，但從大夥兒一坐到露臺上，便熟練地開始在烤肉架上烤肉的樣子看來，之前應該也約過不少次。

權恩亨點點頭，一手按了按手機。在我問他是要打給誰之前，他自己說出了答案。

「喂，智皓。」

「……？」

——啊、啊！都快殺光敵人了耶，混帳東西！那傢伙到底是幹了什麼，*CD時間才一下下而已！該死的大絕招，啊啊啊啊！

還來不及問他打給那個混帳做什麼，殷智皓憤怒的嗓音便穿透了聽筒。

『殷智皓大人發瘋了。』我在心中喃喃自語，緩緩地看向權恩亨手裡的手機。

由於殷智皓的怒吼太過大聲，除了權恩亨旁邊的劉天英之外，連坐在沙發看連續劇的媽媽都被嚇了一跳，甚至在對著聽筒嚷嚷的爸爸也往這邊看了過來。

不久後，媽媽咧著嘴，小心翼翼地開口問道。

「呃，那個，恩亨，你還有另一個叫智皓的朋友啊？」

殷智皓在大人面前舉止非常端正，所以媽媽以爲他是個實實在在的模範生，應該覺得他連髒話都沒講過吧。

『妳錯了，媽，此智皓就是彼智皓。』雖然我想開口揭穿他，但要是說了，殷智皓應該會氣到整整五年都不理我，只好咬牙忍耐。

權恩亨拿著手機，欲言又止。他轉頭看向我媽，露出尷尬的微笑並回答道。

「呃，對……這是另一個朋友。」

「就是說嘛。唉，嚇了阿姨一跳，還以爲眞的是智皓呢。」

媽媽安心地鬆了口氣，又轉頭繼續看她的電視。我和權恩亨也嘆了口氣，然後看著彼此噗哧一笑。他站起身，輕聲細語地邊說話邊走向客廳另一頭。

劉天英看著他的背影，和我四目相交並點了點頭。在我看來，殷智皓現在的確很危險，還是去別的地方跟他講電話才好。

與此同時，權恩亨繼續小聲地和殷智皓說話，接著又傳來一陣咆哮。

「喂，冷靜點，又怎麼了？」

◎CD時間：冷卻時間（Cool Down Time，簡稱CD），遊戲術語。

——我難得差點就可以五連殺了，那個王八^%#&$！

聽著殷智皓發狂到最後變成一連串的怪聲，我悠悠地轉過身，聳了聳肩，然後拍了拍劉天英的肩膀，他正在傾聽殷智皓怒罵的聲音。

他轉頭面對我，深藍色的髮絲零散地落下。我靠近他，低聲耳語。

「你看，玩個遊戲竟然能把一個人變成那樣，你最好也少玩一點。」

劉天英默默地轉過頭，舉起手按壓自己的眼睛，彷彿疲勞湧上一般。看著他發黑的眼角，我不禁皺起眉。

「啊，不會吧。」我開口問他。

「你昨晚該不會在熬夜打電動吧？」

「……」

「喂、喂、喂喂喂！那可不行啊！」

「哇，這麼快就開始呵護自己男人的健康？怎麼不關心一下妳爸的身體啊？」

呃啊啊！我震驚地轉過頭，發現爸爸不知何時停留在我頭頂上五十公分處，不禁嚇到往後退。後腦勺因此猛地撞上沙發，我痛喊出聲，緊抱著頭。這時，一旁有人伸手揉了揉我的後腦勺。

『啊，哎喲喂。』我皺著一張臉抬起頭，看到爸爸不管自己女兒死活，泰然自若地坐在沙發上，忍不住發怒。

我對他大吼。

「爸！吼，眞是的，你幹嘛亂講話啊！」

「怎樣？我在自己家裡連話都不能說嗎？」

「自己的男人？老公，你剛剛是說小丹的男人嗎？」

媽媽開心地問道，也不顧我是不是痛到眼眶含淚，她只在乎別的事，甚至還鼓起掌來。電視上女主角和被宣告壽命將盡的男主角抱頭痛哭的場景，她已不放在心上。

我癟著嘴，一個轉頭和一臉擔心我後腦勺的劉天英對到眼。

我還沒叫媽媽別誤會，爸爸就搶先開口。

「嗯，我確認過他們倆的眼神交流了，沒在開玩笑，有夠火熱的。」

「哎喲，天吶、天吶，太害羞了吧！」

「吼，爸！」

爲了阻止媽媽胡思亂想，我高聲大喊，然後因爲眞的太令人無言了，我只好默默地住嘴。爸媽並肩坐在沙發上，用期待的眼神看著我，媽媽的雙頰還布滿了玫瑰色的紅暈。

啊，我默默地迴避他們的視線，接著和劉天英視線相交。他皺著眉頭，用一種難以解讀的表情看著我。

在我們對看的時候，突然有道紅色身影闖進我們之間。權恩亨終於和暴走的殷智皓講完電話，回到位子上了。

多虧他的回歸，緩解了緊張的氣氛。權恩亨注視著默默不語地對看的我們，有點慌張地問道。

「啊，咳，你們在講重要的事嗎？」

他也發現了我們之間彌漫著一股不對勁的氣氛，我沉默地搖頭回應。爸媽則露出失望的表情，轉頭繼續看電視。

電視裡，陽光透過彩繪玻璃灑進小小的教會裡，男女主角正坐在長長的椅子上，牽著彼此的手。

他們眼眶濕潤地深情對望，然後向彼此說道。

「我們以後繼續創造回憶吧。在這兩個月，我們要做其他人將來會做的事。一起試試看吧，我們一起。」

「嗯……沒錯，我們要把握這兩個月……」

語畢，男子痛哭失聲地倚靠在女子肩膀上。女子眼眶盈滿淚水，瞪著無辜的教堂壁畫，她咬牙忍住哭泣。

這種劇情已經算是老掉牙了，爸爸看起來意興闌珊。另一邊的媽媽則是紅著眼眶，緊盯著電視，彷彿剛剛沒和我們激動地講話一樣。

而我看著電視，心裡想的卻是別件事。

可笑的是，那個話講到一半便泣不成聲的男主角，與我之間有種悲劇般的相似，明明他的痛苦無法和我相提並論。

我靠坐在沙發下，盯著電視裡的兩人。看來那個男人只剩兩個月能和心愛的女人在一起，所以他們才決定要把握這兩個月，創造各種只屬於他們的回憶。

上了高中，一定也能夠創造無盡的回憶吧？確實，我在過去那三年，也和他們共創了許多回憶。爲了可能會改變的將來，便不再創造回憶，是正確的選擇嗎？

我咬著唇，再緩緩鬆開，接著慢慢地搖了搖頭。

不，那個男人跟我不一樣。他知道自己的時間所剩不多，而我不知道自己還有多久。從這一點來看，我們就不一樣了。

然而我的視線卻無法自拔地看著那名痛哭的男子。我突然感到一陣憂鬱，忍不住垮下身子，吐出長長的嘆息。

權恩亨再次拿起電話，這次是打給禹宙仁。

——喂，我在打遊戲，還被智皓罵到臭頭。好啊，我要去，加一加一！

「罵到臭頭？」

——他應該不知道他罵的人是我。

「……」

不久後，權恩亨點點頭並掛上電話，再看了看一臉呆滯的我和劉天英，忍不住噗哧一笑，而我倆也跟著笑到肩膀抖個不停。

看到劉天英和權恩亨因爲在爸媽面前不敢笑太大聲，只能緊握拳頭忍住笑意的模樣，讓我獨自捶著沙發笑個半死。直到爸媽用看瘋子的眼神看我，我才緩慢地站起身。

我從剛剛就好像有聽到敲門聲，只是被電視聲蓋過去了，現在才確定眞的有人在敲門。

我搖搖晃晃地走到玄關打開大門，外面站的正是面無表情的如檀哥。

他穿著駝色牛角外套，背上背著看起來奇重無比的包包。他的髮色還是一片烏黑，不帶一絲光芒。他看著我說道。

「爸媽叫我回家就先來這裡等，他們說馬上就要去吃晚餐了。」

「啊，嗯，進來吧，如檀哥。」

坐在客廳的爸媽、權恩亨與劉天英轉過頭來，看到踩著游刃有餘的步伐跟在我後頭的如檀哥，紛紛嚇了一跳，他們略顯慌張地向他打招呼。

「啊，你好。」

「你們好。」

如檀哥的高中不在附近，所以最近很少遇到他。不過直到去年，我們都還在同一所國中就學，因此，他們也有見過如檀哥，而且如檀哥那一屆沒有四大天王，只有他一人獨占王位，光是這點就足以令人留下深刻的印象。

如檀哥生硬地點了點頭，視線掃了客廳一輪後，便坐到離桌子不遠處，對我說道。

「如翎去澡堂了，她晚點會來。」
「哦，好。啊，如檀哥，包包給我吧。」
「嗯。」
他們兩人看著我理所當然地從如檀哥手上接過包包，眼神大爲震驚。因爲我在學校不曾和如檀哥講過一句話，至於爲何如此，原因很簡單。
正所謂個性相反的人更容易互相吸引，如檀哥的朋友幾乎都是活潑外向、反應又快的人，他們給了他一個忠告。
「你，如果不想誤傷無辜，在學校除了你妹之外，不要跟別人說話。」
不知道自己備受歡迎的如檀哥，雖然一臉驚訝，但是也依言照做。這也是我在學校裡遇見他，頂多只用眼神打招呼的緣故。
然而我們現在的舉動，卻像相識多年那般自然。這也是當然的，即便我們在學校裝不熟，私下可是當了整整十七年的鄰居啊。
我把他的包包掛在我的房間裡，走出房門後，他們倆的目光還是黏在我身上。如果要和他們解釋我們親近的態度，那就必須先從如檀哥的交友關係說起，這樣至少要講三天三夜吧，何況在當事人面前說，也有點奇怪。

我聳聳肩，又加劇了他們眼裡的疑惑。我略微慌亂地在客廳坐下，好險這時如檀哥主動開口。

「怎麼了嗎？」

「啊？」

「哪裡有問題嗎？」

權恩亨緊閉著唇，視線來回看著我與如檀哥，他的眼神看起來有點猶豫該不該問出口。

我只是訝異，如檀哥竟然會主動關心與自己妹妹無關的事。

我驚訝地看著他，而他卻突然看向我，讓我嚇了一跳。隨後一臉泰然地說道。

「啊，我包包裡有咖啡牛奶，是學校給的點心，我不喜歡，原本打算丟掉的，但想說妳喜歡喝。」

「哦，謝謝如檀哥。」

「有三罐。」

我微微歪頭朝他點了點，表示知道了。有三罐的意思，就是如果朋友也喜歡，可以和他們分享。這種省略的說話方式眞像如檀哥的作風。

回過頭來，權恩亨和劉天英正用訝異的表情看著我。我也被他們嚇了一跳，接著馬上知道爲什麼，因爲他們很困惑如檀哥竟然連我的喜好也知道。

我聳著肩回應道。

「我們一出生就是鄰居了，當然知道對方的喜好。」

「那在學校是……？」

「因爲學姐們。」

在我簡短的回答之下，權恩亨馬上就聽懂了。如檀哥可能是不明白我的意思，一臉不自在地皺著眉頭。反正他也不知道自己長得帥，再怎麼思考都不會明白。

我聳了聳肩，隨即聽見門鈴響起，便又馬上走去玄關。

接著就看到殷智皓走了進來，剛才還像瘋狗在吠，現在卻如此人模人樣，眞是令人驚嘆，但是更讓我訝異的是他手上拿著的東西。

我馬上回頭大喊。

「媽，不用買肉了！」

「蛤？爲什麼？」

客廳裡傳來慌張的嗓音。我看著笑得一臉滿足的殷智皓，又再次吼道。

「殷智皓帶韓牛禮盒來了！」

紅色的夕陽灑落在被修剪得短短的青草地上，草地間隱隱露出的白色混凝土小路也染上了晚霞的色彩，反射著紅黃交織的光芒。落日正對著我們，耀眼無比。我用手遮著額頭，抬頭看向紅通通的天空，背後傳來一聲叫喚。

上。

我轉過頭，發現是禹宙仁在對我揮手，他正躺在散落著生菜、芝麻葉以及洋蔥的露臺上。

又撇頭一看，看見了潘如翎的爸爸和我爸正在乾杯，燒酒險些從搖晃的酒杯裡溢出，看來他們倆應該都有些醉了。

『畢竟從公寓走來這裡不用五分鐘，不必擔心結束後還要開車，所以他們才敢放膽喝吧。』我心想，接著用全身接住蹦蹦跳跳地朝我飛奔而來的禹宙仁。

他緊抱著我的肩又鬆開，然後抬頭看向我剛剛在看的天空。他踮起腳尖，不斷探頭探腦，就像是個相信天空那一頭有著什麼的孩子，天眞又爛漫。看著他的動作，我忍不住揚起嘴角，再次轉身。

我看見殷智皓靠在距離露臺不遠處的樹上，他的一頭銀髮在藍天之下看起來會是藍色的，在夕陽下看起來則是紅色。

他將透出朱紅光芒的髮絲向後撥，而在他前面的是勾肩搭背的劉天英與權恩亨，還有如檀哥。

我想看看潘如翎在做什麼，她竟然已經勤勞地開始清掃露臺。『潘如翎眞乖。』我一邊想著一邊點頭，隔壁的禹宙仁卻看向我。他背對著彩霞，褐髮此刻成了金色。

他朝我笑了笑，我也跟著笑了，反正禹宙仁只要跟我對到眼都會笑，不必特別思考理由。

接著，平和的沉默彌漫在我倆之間。正當我想再看看西下的夕陽時，禹宙仁突然開口。

「已經經過三年了呢，對吧？」

「……」

我轉過頭看他，驚訝地發現他的瞳孔閃著金光。

奇怪的是，當禹宙仁說出「三年」這個詞時，竟讓我覺得他是在說三年前，我的世界改變的那一天，但也許他講的只是開學典禮而已。

我一時僵硬，尷尬地笑著回應他。

「對啊，時間過得眞快。」

「聽說只要六秒就能決定一個人的第一印象喔。」

我才剛回覆，他就馬上開啓其他話題。這是他一直以來的說話習慣，我聳聳肩，洗耳恭聽。

他說的話乍聽之下沒頭沒腦的，甚至聊到一半會不時迸出不著邊際的話題，但這些舉動最終都指向一個結論。

那就是——如果腦子不像禹宙仁一樣靈光，是無法用這種方式聊天的。

他的嗓音乘著落日，一點一滴地傳到我耳邊。

「第一次見到天英時，我覺得他很壓抑。恩亨則是看起來習慣獨立自主。至於智皓嘛，我們從小就一起長大，所以我很清楚他的爲人。」

聽到他這麼說，我忍不住笑出聲來，他對著我露出了一個淘氣的微笑。接著，他說的話，讓笑容從我臉上逐漸褪去。

「而妳……就像是從天而降的人。」

「……」

「妳看起來就像是不知道自己怎麼會，又是爲什麼會出現在這裡。」

我僵在原地好一陣子，費了好大的力氣轉動眼珠，和宙仁對視。遠方殷智皓隱隱約約的說話聲逐漸遠去。禹宙仁的眼神在夕陽餘暉下，猶如融化的黃金。

他的表情泰然自若，彷彿毫不訝異我的僵硬。他彎起眼睛，笑著對我說。

「哎喲，不是有那種很吸引人的第一印象嗎？會讓人迫不及待想接近對方的那種。像如翎、智皓、天英、恩亨他們都很優秀，所以第一印象當然很強烈。但在我看來，他們都不及妳。」

「……」

「從天上掉下來的人，不覺得很有趣嗎？妳一定不知道，爲了跟妳說上一句話，我焦急了一整個學期呢。」

他說完便露出笑容，微微聳肩，可是我卻笑不出來。雖然我知道禹宙仁很聰明，但這個程度已經不叫洞察力卓越，而是會通靈了吧。

在我一臉僵硬的時候，禹宙仁緩緩伸出手，用手指戳戳我的手背，再慢慢地握住我的手。他的動作不同於平時一把抱住我的乾脆俐落，而是非常小心翼翼。他開口說道。

「現在我很慶幸變成妳的朋友哦，但是……可以問妳一個問題嗎？」

「什麼問題？」

「爲什麼……都過了三年了，妳現在還是那種表情？」

我說不出半句話來。

禹宙仁抑鬱地垂下的淺褐色睫毛，突然抬起眼來看向我，朝我問道。

「爲什麼妳還是……一副我們會漸行漸遠，一輩子再也見不到面的表情？」

「……」

「是怎麼了嗎？有什麼我不知道的事嗎？」

在他問出口的同時，我忍不住暈眩。我躲避著他的眼神，頓時感到精神恍惚。

遠方殷智皓的銀髮在夕陽的照映下仍熠熠閃耀著。潘如翎擦露臺擦到一半被我爸勸酒，她嚇了一跳，拔腿就跑。權恩亨他……他聽了禹宙仁說的這些話，究竟會露出什麼表情呢？

我舉手扶額，接著挺直身子。禹宙仁金色的眼眸直勾勾地盯著我，毫不動搖。我看著他，緩緩地開口。

「宙仁。」

「嗯。」

「假如……」
「嗯。」
我慢慢眨了眨眼，然後轉頭看向站在遠方的大家。
露臺上，爸爸和潘如翎的爸爸正在哈哈大笑，看著這副景象，我緩緩閉起眼，接著說道。
「我會露出這個表情就是因爲你口中的『那件事』，假如我因此……」
「嗯。」
「要求你在高中裝作不認識我……你會答應嗎？」
我在心中喃喃自語，『那個男人跟我不一樣。』
那個男人知道自己兩個月後就會死掉，但是我不知道自己何時會回到那個世界。那個男人想和自己心愛的女人在這兩個月內努力創造回憶，但、但我沒這個打算，我辦不到。我根本不知道自己剩下多少時間，我沒辦法像他一樣。
在我這麼想的同時，內心卻又不停地感到懷疑，這不禁讓我失笑。劉天英跟我說過他喜歡我的理由，禹宙仁也是。
然而我卻一味地認爲他們對我有好感，純粹是因爲我的角色是潘如翎的兒時玩伴，僅此而已。我也只能這麼想。距離小說邁入完結，還剩下三年。
禹宙仁不發一語。我抬手扶額，嘀嘀咕咕地說。

「抱歉，我剛剛……是不是很像在胡言亂語？」

都當了三年的好朋友了，卻突然說上了高中要裝作不認識。究竟要用什麼理由，才能讓人接受？

我該怎麼跟他解釋，我並不是討厭他們，就是因爲喜歡他們、珍惜他們，所以才只能用這種方式與他們相處？

一定、一定沒有人……能理解我，除非他們經歷過那些猶如夢境的事。

在禹宙仁用失去光彩的眼神低頭看著我的同時，我用雙手摀著臉。

一邊說珍惜他們，一邊卻又說要暫時遠離他們，他一定無法理解。這一席話，反而讓我感到孤寂。我緊閉雙眼。

然而，令人難以置信的是，就在這一刻，禹宙仁鏗鏘有力地回應我。

「好啊。」

「……」

「妳怎麼說，我就怎麼做。」

什麼？我瞪大眼睛看著他。

語畢，禹宙仁看起來欲言又止，他伸手抱了抱我。

雖然他比我高，但平常抱我時，都會將雙手掛在我脖子上，讓我的腰產生極大的負擔。而剛剛那個擁抱，感覺就像一個哥哥一樣。

他鬆手後，猶豫了一下，吐出幾句話便快步走了回去。在聽見他說的話時，我頓時腦袋一片空白。

「那天，我整整六個小時都在打電話找妳。」

「……」

我呆站在原地，一邊用手梳順亂七八糟的頭髮，一邊看著他走遠的背影。

太陽在不知不覺間沉入山的另一頭，公園被一片灰暗籠罩。陣陣吹拂的微風，讓葉子發出窸窸窣窣的聲響。爸爸抬頭望天，接著捏了捏痠痛的後頸。烏雲也開始聚集在逐漸被染成紫色的夜空。

我再次轉身，看到潘如翎和他們聚在一塊兒，不知道在說些什麼。這時，殷智皓看到我，便招了招手要我過去。

我在原地躊躇了許久，最終還是扭扭捏捏地走向他們。

我剛靠近，殷智皓馬上意氣風發地對我說。

「喂，對於把最上等A⁺⁺韓牛一秒空運到妳家的本少爺，妳有什麼感想？」

『啊，原來是空運的喔。』仔細想想，當時權恩亨跟殷智皓講電話講得特別久，看來是他拜託了殷智皓。

我對自信滿滿的他冷冷一笑，開口說道。

「打電動會毀了一個人。」

「吼，可惡。」

殷智皓突然表情扭曲，舉起手敲了我的腦袋。嘖，煩耶。我瞪了他一眼，然後轉頭看禹宙仁。

原本他還笑嘻嘻地看著殷智皓，但是和我對到眼的那一刻，表情突然一陣黯淡。我直盯著他，又隨即撇開視線。不必仔細思考禹宙仁那句話，也知道他指的是什麼。

那天……就是我在禹宙仁家門前被發現的那一天，也是我的世界第二次天翻地覆的那天。

怎麼會？在我從家中醒來，到蜷縮在禹宙仁家門前的整整六個小時，都沒有人傳訊息給我，也沒有人打電話給我啊，但是禹宙仁卻說他有打給我。

既然我打電話給他們時，不是空號就是變成別人的號碼，那禹宙仁打給我時，一定也是同樣的情況。證據就是，我的手機並沒有任何來電。

其他四人對於我的消失彷彿毫無意識，只有禹宙仁打了電話給我。即便是空號，他還是不停地打。一打再打，不肯放棄。

畢竟他的記性是數一數二的好，可能是發現自己的記憶中有不對勁的地方，才會按下撥號鍵吧。

我將雙手插進夾克的口袋裡，搖了搖頭，然後看向潘如翎、權恩亨，還有劉天英。我緩緩開口。

「那個，一年前的事，你們還記得嗎？」

「什麼事？」

殷智皓沒察覺氣氛嚴肅，笑得一臉燦爛地反問我，但當他看到我的表情時，便馬上安靜了下來，眼神也倏地認真了起來。

潘如翎在一旁問道。

「小丹，怎麼了？怎麼突然提到……一年前？」

她的嗓音比往常還要真摯，我再次深呼吸，開口說道。

★

太陽下山後，天氣變得冷颼颼。夜幕讓草地一片灰暗，刺骨的冷風輕輕吹過。

潘如翎的爸爸和我爸喝個不停，最後雙雙躺在露臺上，也許是醉了吧。而坐在他們旁邊的如檀哥，則是恭恭敬敬地接過我媽倒給他的酒。

『吼，媽，克制點，如檀哥是未成年啊。』我羞愧地摀住臉，再悄悄地將視線望向站在我旁邊的他們。

在我說完那件事之後已經過了兩個小時。他們看起來表情很沉重，這也是當然的。

讓人發悶的沉默籠罩在我們周圍好一段時間，第一次聽說這件事的殷智皓與潘如翎臉色蒼白，劉天英則意外地一點反應也沒有，禹宙仁也是，他們倆看起來一副早就知道的樣子。

最後是權恩亨，他早上才聽我講完這件事，自然沒有露出訝異的神色。他略微尷尬地看著其他人的表情，然後與我視線相交，聳了聳肩，難爲情地笑了笑，而我也只能跟著他笑。

我心想，『哈，早知道就別說了。』原本想說至少在要求他們上高中跟我裝不認識之前要先解釋一下緣由，才會把那天的事說出來的。

但說完果然連我自己都覺得就像是《世界有奇事》會出現的故事。毫無根據與證據，彷彿是捏造出來的老套內容。我這樣想著，同時垂下視線，感覺吹到皮膚上的冷風愈來愈刺骨，便打開手機一看。

畫面顯示九點○七分，夜晚愈來愈深了。我抬起頭對他們說。

「呃，那個……」

我也只是起個話題而已，大家的視線一瞬間便集中到我身上。他們的眼神在朱黃色的路燈反射下，顯得炯炯有神。我頓時一陣害怕，不禁尷尬一笑，把手機舉起來對著他們。

「現在已經九點多了，我爸媽那個狀態應該沒辦法送你們回家。如翎的媽媽下班好像會直接過來這裡，不過到時候也已經超過十點了。大家要不要回家了？」

「……距離末班車還有兩小時。」

劉天英說完，轉頭看向站在我身邊的權恩亨。我略微慌張地抬頭看他們。除了我之外，潘如翎和殷智皓也露出驚訝的表情。

會驚訝也很正常，因為劉天英那句話聽起來就像是在說，直到末班車離開前，都要待在這裡。

權恩亨也對劉天英說的話感到慌亂。他露出與平時一樣的溫柔笑容，開口說道。

「這邊有點冷，而且感覺我們在的話，大人沒辦法放鬆聊天，我們去個溫暖的地方吧？」

「……」

聽完這一席話，我又更傻眼了，抬頭望向殷智皓。什麼啊？他們倆是怎樣？殷智皓聳了聳肩，表示他也不知道。

喜歡在外面閒晃的殷智皓馬上將雙手插到口袋，微微一笑說道。

「我贊成。」

「喂，明天是開學典禮耶，要是太累怎麼辦？」

「沒差，反正我從昨天就熬夜了，現在反而精力旺盛，我的體質本來就這樣啦。啊，天英你呢？」

聽到殷智皓爽快的回應，我才知道和劉天英一起徹夜未眠的人是誰。啊，這樣講好像怪怪的。總之，和劉天英熬夜打電動的人正是殷智皓。

劉天英冷淡地回應他。

「好得很。」

「嗨起來！」

殷智皓舉起手露出一個輕快的笑容。劉天英也舉起手，表情仍然冷淡。他們倆在空中擊掌，發出啪的一聲。

禹宙仁看著他們倆，開心地笑個不停。然後轉向我說道。

「媽，我也是，我也沒問題唷。」

禹宙仁本來就三百六十五天都沒問題。然而，他也不是那種會耍賴不肯回家的人。怎麼今天大家都這麼晚了還不走？我錯愕地想問這個問題，但身邊突然傳來一道甜美的嗓音。

我轉頭一看。

「喂，劉天英，你確定你眞的可以？」

潘如翎彎腰，仔細觀察劉天英的臉。看劉天英不知所措地遮著眼角，身子往後退的模樣，他應該知道自己的黑眼圈有多深。

潘如翎退開，噘著嘴，一臉狐疑。她回頭對我說道。

「小丹，劉天英怪怪的，叫他回家吧。」

她話還沒說完，就突然下定決心般地晃了晃手，開口說道。

「欸，不對，你們全都回去吧，一群電燈泡！我要跟小丹兩個人甜甜蜜蜜地獨處。」

「哇，感覺妳再過不久就要發喜帖了。」

「我們兩個可是要聊一點深入的話題！」

「只有妳需要嗎？我們也需要啊！」

接著，潘如翎和殷智皓開始拌嘴。我思考著他們所謂的「深入話題」，表情漸漸僵硬。想必就是對世界改變的想法，還有以後該怎麼做，諸如此類的話題吧。

我慌張地看著潘如翎。這時旁邊有人碰了碰我的肩，力道輕如羽毛。我轉頭一看，果然是權恩亨。

他輕輕一笑，開口說道。

「告訴大人我們幾個先回妳家吧。反正等如翎的媽媽來，他們應該會在這待到十二點，不然就是去啤酒屋，我們回去待到十一點再走。」

「……」

「我們也不是第一次去了嘛，我保證不弄亂妳家。」

權恩亨一邊說著，一邊伸出小拇指在我眼前晃了晃。

拜託，最近還有人在打勾勾立約的嗎？在我荒謬地問出口之前，有人一把勾住了權恩亨的手指。

我轉頭一看，笑得燦爛的禹宙仁勾住權恩亨的手指，隨意晃動，並說。

「我也是！我會乖乖待在那的，好不好？」

「哎，你們就回自己家吧，幹嘛那麼反常啊？這樣明天一定會很累。」

回答我的人並不是禹宙仁，也不是權恩亨，而是劉天英。我抬頭看他，他一雙湛藍的眼眸看著我，淡淡地說道。

「大家待在一起的話，說不定就不會改變了啊。」

「……」

我錯愕了好久都無法理解他說的話。下一刻，我緩緩張大嘴巴，『啊，原來如此。』

爲什麼權恩亨和劉天英會一早跑來我家找我；爲什麼獨立自主、死都不肯給別人添麻煩的權恩亨會和我們一起吃晚餐；爲什麼明天就要開學了，他們卻寧可會累，也要在末班車開走之前陪我待在家裡。

這一切行爲背後的用意，我現在才明白。

我還呆愣地沉默著，劉天英開口補充的話彷彿一劑強心針。

「要是妳跟我們待在一起，說不定我們就不會消失了，所以……今天就待在一起吧，畢竟今天是三月二日啊。」

「……」

「媽，好不好？嗯？」

禹宙仁邊說邊搖晃我的手。我默默地盯著劉天英的臉，再緩緩地轉頭面對在我身旁微笑的禹宙仁。看著他的笑容，我突然有股情緒湧上心頭。

我克制不住自己的眼淚。剛剛還在一旁和潘如翎吵架的殷智皓慌張地叫著我的名字。

「喂，咸小丹！欸，她幹嘛哭啊?!」

「她被感動到了。」

劉天英簡短地回應他，並伸出拇指輕撫我的眼角。他的行爲讓我笑了出來。被感動到了？也只有劉天英能如此泰然自若地說出這種話吧。

於是，我們丟下我爸媽、潘如翎的爸爸，還有如檀哥，緩緩地走回家。

被修得短短的草地間露出了白色的道路，在路燈的照射下，路面閃耀著朱紅色的光芒，我們一行人並排走在上頭。

晚上的公園非常可怕，尤其是走在路燈與路燈之間的黑暗小路，更是令人感到恐懼。遠方被風吹得不斷搖動的樹影就像是野獸在呼嘯的倒影，而一片漆黑的地面，讓人產生一種可能會有蟲子在爬的恐懼，因此不敢邁開步伐。

然而在走向公寓的短短五分鐘內，那些黑暗的瞬間，我都不曾害怕過。

也許是因爲走在我身邊的潘如翎聲音開朗又響亮，或是因爲前面的殷智皓一直嘟囔個不停、因爲劉天英偶爾斥責殷智皓、因爲在一旁溫柔地笑著捉弄他們的權恩亨，又或是因爲走在我身旁，突然大叫「有蛇」嚇我們的禹宙仁。我眞的，一點都不害怕。

我完全沒有這個世界可能會改變的想法。我第一次覺得，腳下的這塊土地，是如此的踏實。每到三月二日，我常常覺得自己腳下踩的是沼澤，隨時會被吸進地底，總是感到不安。但是現在卻不是如此。

我們邁開腳步，公寓走廊上的橘色感應燈就亮了起來。我們朝電梯前進，此時在公寓一樓，有個阿姨拿著廚餘的垃圾袋往這邊走了過來。

她看起來對我們這六個學生這麼晚了還在這邊等電梯感到好奇，而潘如翎不愧是有禮貌的表率，主動向對方打了招呼。

「妳好！」

「呃，嗯！哎呀，妳好。怎麼這麼晚了還在這裡？」

「啊，我們的爸媽在附近聚餐。外面太冷，我們就想說先回來看電視，呵呵。」

潘如翎將雙手插在大衣口袋裡，皺著紅紅的鼻尖說道。果不其然，阿姨看著她一臉凍僵的表情，馬上點頭表示理解。

接著她突然慌張地邁開腳步離開，並說。

「啊，《你幸時》要開始播了，玩得開心啊！」

「謝謝！」

潘如翎對著消失在漆黑的公寓大門後的阿姨背影，大聲地喊。『要是被別人聽到，說不定會以爲我們是要去那個阿姨家看電視呢。』我一邊想，一邊看著潘如翎被橘色燈光照得清晰的臉龐，而她突然轉頭看我，嚇了我一跳。

此時，頭頂上傳來叮一聲。禹宙仁開口。

「電梯來了。」

「說不定潘如翎會害我們超重。」

殷智皓看著上方，若無其事地丟出這句話，結果被潘如翎踹了小腿。他抓著小腿跳來跳去，然後被劉天英警告不准跳。

嗡咿，電梯門關上，開始緩緩上升。一樓、二樓、三樓……我看著數字一個一個地跳，突然感到一陣好奇，轉頭問他們。

「欸，剛剛那個阿姨說的《你幸時》是什麼啊？連續劇劇名嗎？」

「哦，那個啊，那是《你的幸福時光》簡稱啦。是連續劇沒錯，收視率還不錯，不過劇情普普，只是選角很厲害而已。」

殷智皓回答道，他的表情恢復正常，彷彿已經不會痛了。接著潘如翎訝異地皺著臉，轉頭看向殷智皓。

「喂，那個劇情是不是什麼，現代版的羅密歐與茱麗葉？知名集團會長的女兒和競爭集團的兒子墜入愛河……然後雙方拜託家人讓他們相愛。」

「哇，潘如翎，妳竟然把別人充滿淚水的苦戀講得這麼隨便，還眞是有血有淚啊。」

「嘻嘻。」

權恩亨可能是被殷智皓的一席話逗樂了，小聲地笑了出來。我轉過頭，發現禹宙仁正用眼神追趕在鏡子上飛舞的飛蛾，根本沒在聽他們說什麼。

我盯著他看，然後和權恩亨一起笑了出來。眞的，潘如翎簡直沒血沒淚。然而一旁的劉天英看向潘如翎，低聲問她。

「那個兒子是不是得了不治之症啊？」

「嗯？對啊。前天播的內容就是那個男的被醫生宣布沒剩多少時間了，然後女的痛哭失聲。」

「然後他們就到教會祈禱，約好要在那兩個月內累積回憶。」

「嗯，沒錯，所以劇名才會有『幸福時光』四個字。」

聽到殷智皓的回應，我才想起原來早上看的是重播啊。也對，那個時間怎麼可能會是連續劇首播。

我突然感到驚異，開口問他們。

「欸，那爲什麼劇名不是《我們的幸福時光》，而是《你的幸福時光》？既然是兩個人一起創造的回憶，那怎麼會是『你』，不是『我們』？」

「……」

我一說完，原本吵吵鬧鬧的電梯頓時鴉雀無聲。大家忽然一片沉默，嚇了我一跳。

『是、是怎樣？他們怎麼這麼認眞？』

殷智皓很快地打破了沉默，他望著天花板，訝異地喃喃自語。

「啊，眞的耶。的確，怎麼不是『我們』而是『你』啊？只有一個人幸福嗎？」

站在我身旁，也就是電梯按鈕前的權恩亨轉頭附和。

「會不會是有什麼反轉？最近的連續劇不都這樣嗎？例如女生其實不愛男生，但打算在他死前把競爭集團的機密資料弄到手。如果是這種劇情，那對男生來說是幸福的時光沒錯，但對女生來說不是啊，畢竟女生又不愛他。」

「天吶，這種劇情也太……」

潘如翎在一旁驚訝地喃喃自語，我也和她一樣震驚。竟然能一瞬間就分析出這種結論，雖然我早就知道權恩亨非同小可，但他的腦袋還眞不簡單。禹宙仁和劉天英仍然保持著沉默，似乎有其他的想法。

『這劇名還有別的意思嗎？』在我拚命動腦的時候，電梯來到了十三樓。

我們浩浩蕩蕩地走出電梯，來到我家門前。我按完大門密碼，門鎖便隨著嗶嗶聲解開。我轉動門把，大步走了進去。

室內一片漆黑，我摸索著牆壁，打開客廳電燈之後，他們才像是鬆了口氣似的癱坐在沙發上。

最先用慵懶的姿勢靠在沙發上的人是殷智皓。權恩亨斥責他，要他脫下外套再坐。而劉天英脫下黑色大衣，問我要掛在哪裡。潘如翎則是理所當然地走進我房間，把外套掛在牆上，然後劉天英馬上跟著掛了上去。

我們一行人終於在客廳坐下。歪歪斜斜地躺在沙發上的殷智皓好像在自己家一樣，拿著不知道從哪找出來的遙控器，按下按鈕，打開了電視。

出現在畫面中的是白天時相擁而泣的那對男女，他們正一起騎著腳踏車。雖然現在是春天，但天氣卻冷得配不上這個季節。即便沒有回暖的跡象，那對男女身旁也充斥著綠油油的葉子與飛舞的蝴蝶。

由於太過不切實際，我不禁皺眉，同時聽到殷智皓開口。

「喂，那個蝴蝶是特效合成的。」

「噗。」

我忍不住笑出聲。有必要合成蝴蝶嗎？然而，除了過度夢幻的背景之外，騎著腳踏車的男主角，還有環抱著他的腰，將臉靠在他背上的女主角，兩人的畫面看起來格外美好。

剛剛才說劇情老套的殷智皓，現在卻格外投入地看著。潘如翎也是。我掃視坐在周遭的其他人，大家視線都集中在電視上，看來沒必要轉臺了。我換了個舒服的坐姿，看向電視畫面。

劇情如同他們所說，沒什麼特別的，但演員的長相的確非常出色，演技也很令人投入其中。

兩人踩著腳踏車爬上山丘，悠閒地低頭眺望景致，臉上洋溢著幸福的笑容。

坐在沙發上的殷智皓低聲問道。

「風景也是合成的嗎？」

「應該不是。」

「韓國有這麼美的地方喔？」

等這集播完，網路搜尋榜上應該會出現「《你幸時》拍攝場景」。我自以爲是地喃喃自語，接著視線又看向電視，但場景已改變。

男女主角所在的山丘上有著一棵五百年的老樹，粗粗的樹幹要四名成年男子環抱才有辦法圍成一圈。

他們騎的那輛腳踏車正安安靜靜地靠在那棵樹上。

男人在山丘上笑著眺望，女人卻倚靠在男子看不見的大樹後方。

她看著湛藍的天空，眼眶漸漸泛紅，然後落下了淚水。接著，她蜷縮在原地，開始低聲哭泣。

劇情就停留在這一幕，片尾曲跟著響起。那首歌哀戚無比，非常適合劇情。但還沒聽完，殷智皓就沒什麼興趣地轉了臺，畫面中出現的是才剛播沒多久的綜藝節目。

殷智皓起身，揮舞著遙控器說道。

「有人要看別臺嗎？」

「看這臺就好了啦。」

「我沒差。」

劉天英和潘如翎接連表示不在意，殷智皓便妥協似的將遙控器丟到沙發一角，再度躺下。我看著他懶洋洋的樣子，突然聽見後面傳來劉天英的聲音，我轉頭看去。

他淡淡地丟出一句話。

「我好像知道……爲什麼剛剛那齣連續劇要叫《你的幸福時光》了。」

「爲什麼？」

潘如翎問他。劉天英一雙淺藍色眸子盯著地板，隨後抬頭看向我說。

「既然他們說好要在那兩個月創造回憶……那就只有男主角幸福啊。至少他在死前都是幸福的。但他死後，留下來的女主角呢？」

「……」

客廳瞬間被一陣詭異到令人窒息的寂靜籠罩。劉天英毫不在意這樣的氣氛，垂著眼，冷靜地繼續說下去。

「對男主角來說，那段回憶就算死後也是幸福的回憶，但對於要獨自一人活下去的女主角……在創造回憶的當下，她是幸福的沒錯，可是男主角死後，那些回憶就會變成悲傷的記憶，只會讓她想起男主角不在的事實。雖然幸福，卻也是痛苦的回憶。」

「所以……」

「那段時光，對男主角來說是幸福的，但他死後，對女主角來說，就不再幸福，而是一段只要想起就會心碎的時光。」

我緩緩地張大嘴巴。劉天英說完話便直盯著地板，片刻後又再度開口。

「我不懂那個男人在想什麼。」

他有些厭煩地將深藍色的頭髮往後撥。白皙的指尖掠過，露出了纖長的睫毛，隨即又被髮梢蓋住。

他疲憊地眨了眨浮現黑眼圈的雙眼，繼續說道。

「那個男人不也知道嗎？他死了之後，留下來的那個女人會有多痛苦。他一定知道那個女人會有多想念他，會流好幾夜的眼淚……」

他的嗓音帶著微微的怒意。我呆愣地聽著他說的話。

「如果是我……從知道自己死期將至的那一刻起，就不會再出現在那個女人面前了。就算想她想到快瘋了，也會忍耐，這樣那個女人才能早點忘了我。」

「……」

「我可不希望……我心愛的女人在我死後，每天被思念折磨，以淚洗面……與其讓她因爲想念我而哭泣，還不如讓她早日忘了我，再趕緊振作起來。」

語畢，客廳又是一片沉默。這些話並不是說給我們聽的，反而比較像是劉天英在自言自語，但我還是無法輕易忽視他說的這番言論。

劉天英說完，便平靜地盯著電視。而我盯著他，突然間有人戳戳我的手臂，我轉過頭。身旁的殷智皓正用一種複雜的眼神看著我。我一和他對視，他就皺起眉，嚅動著嘴唇，一副欲言又止的樣子。然後，他才小聲地開口問我。

「妳也是……因爲這樣嗎？」

「蛤？」

「妳會那麼做，是因為希望在妳消失後，我們可以早點忘記妳嗎？」

我這才明白殷智皓想表達什麼。他問我，是不是希望大家能早點忘了我，才會要求他們上了高中要和我裝不認識。他應該是覺得，我不想傷害他們，所以才會選擇讓自己孤單。

他烏黑的眼眸充斥著前所未見的嚴肅，看起來既生氣又傷心。

我慌張地想否認，但背後傳來禹宙仁的聲音，眾人便將視線集中在他身上。

他金色的眸子直勾勾地盯著我，面帶笑容地開口說道。

「剛剛連續劇裡的那個女生啊……」

「嗯，她怎樣？」

「好像媽。」

「……」

這一刻，籠罩著客廳的沉默讓我不知該如何形容。這不像是剛剛劉天英帶來的冷冰冰的沉默，而是滑稽又荒誕的沉默。

也難怪，畢竟劇中的女主角正是曾經躍升全球美女排行第五名的宋卉喬。

我茫然地注視著禹宙仁，接著再轉頭一看，發現另外三個男生都錯愕得露出同樣的表情。

最先開口的是殷智皓，他伸長了手，戳了戳坐在他正前方的我的後腦勺。我剛皺著眉轉頭，他便開口。

「喂，妳自己覺得妳跟宋卉喬有像嗎？摸著妳的良心講。」

「什、什麼啊？你這是要我怎麼回答？」

「你幹嘛，小丹很漂亮啊。」

旁邊的權恩亨就像白天那樣替我說話。我感激涕零地用眼神向他示意後，又轉頭盯著禹宙仁。我不懂他現在是在誇獎我，還是在羞辱我。

感受到我目光的禹宙仁轉了轉眼珠，抬頭看向殷智皓，然後尷尬一笑，開口道。

「唉唷……我不是說媽和宋卉喬長得像啦。」

「也對，確實不可能吼？嚇我一跳。」

「喂！」

潘如翎低聲怒吼，用手刀劈了殷智皓的腳背。不愧是潘如翎，她無視哇哇大叫的殷智皓，轉頭直視著禹宙仁。他繼續說道。

「我的意思是……劇中的角色啦，跟媽很像。」

「你是說跟那個得絕症的男生交往的女生？」

權恩亨在後頭訝異地問他，而我也同樣感到訝異。

禹宙仁每次說話都讓人難以理解，這次也一樣。我眉頭緊蹙，令人意外的是權恩亨附和了他。

「宙仁，我懂你爲什麼說那個女主角跟小丹很像了。」

「……？」

「我們這幾個人當中，一年前……小丹消失的那天，有人發現她不見嗎？」

權恩亨看著在場的人丟出這個問句時，我不禁張大了嘴。話題換得太快了吧，氣氛也整個變了，客廳頓時被一陣涼意包圍。

我剛剛告訴他們的那些事情，回到家後沒有一個人提起，權恩亨是第一個說出口的人。我看著權恩亨，不禁心想。

的確，那天沒半個人發現我消失。雖然禹宙仁今天才說他那天整整打了六個小時的電話給我，但他當時並沒有露出不對勁的樣子。

我身後又傳來禹宙仁沉穩的聲音。

「那天那個時候，我躺在床上看手機。」

「……」

權恩亨用他綠色的眼眸凝視著我背後，緩緩傳來禹宙仁低沉的嗓音。

「我的手機收件人寫著『咸小丹』，但正要輸入文字的時候，我突然忘記自己要幹嘛。我以前不曾這樣過，感覺很奇怪。而且看著電話號碼，我完全想不起來那是誰。真的很詭異，智皓，對吧？」

「我知道……你不是那種會忘東忘西的人。」

殷智皓一臉僵硬地回答他，接著又沉默不語。他和禹宙仁從小一起長大，一定非常瞭解他的記憶力有多驚人。

禹宙仁接著說道。

「我馬上按下了通話鍵，但那個號碼是空號，空號。」

大家看著禹宙仁，都是一臉嚴肅。而同樣盯著他看的我，頓時一陣毛骨悚然，忍不住搓搓手臂。如同他們的號碼在我的手機裡變成空號，在我消失的時候，我的號碼也成爲了空號，我還是第一次知道這件事。

禹宙仁繼續說下去。

「原本可以忽視的……但我是第一次遇到這種事，總是有種異樣的感覺。我翻遍訊息記錄和通話記錄，完全沒有咸小丹的痕跡。那天我一直拿著手機打電話，大概過了六個小時吧？我甚至想說是不是我的手機故障了，要不要借別人的手機打打看？但是家裡只有我一個人。後來我想到有個公共電話亭只要走兩分鐘就到了，於是就去了那裡。我一直打咸小丹的電話，按鈕有點難壓，費了我一點力氣，可是聽筒傳來的還是空號的聲音，於是我決定放棄，轉頭回家。」

「……」

「結果回家路上看到有人在我家大門前縮成一團，看到小丹的那一刻，我就全都想起來了。你們能想像這種感覺有多詭異嗎？」

我呆呆地看著禹宙仁，他露出微妙的笑容，像是虛脫，又像是恐懼。一轉頭，發現劉天英和權恩亨也一臉震驚，看來受到衝擊的不只我一人。禹宙仁聳聳肩。

「接下來大家都知道了，我就打電話給你們，要你們到我家集合。我怎麼可能只是因爲小丹坐在我家門前就把你們全找來？可是你們卻一臉什麼都不知道的樣子。我也是，要是當時我沒在傳訊息……可能也會忘了小丹。」

「……」

「就像恩亨說的，小丹消失時，沒半個人察覺，我會發現也只是因爲看到電話簿上有我不記得的號碼而已。」

我抬起頭，看到在客廳的黃色燈光照射下，臉色格外蒼白的權恩亨。

他看看禹宙仁，再看看地上，然後將視線轉向我。接著，他開口說道。

「剛剛連續劇的那個男主角……死了就解脫了。如果死了以後就被允許遺忘，那那個男的應該就不會記得那個女人，但是那個女人不一樣。」

「……」

「我知道爲什麼宙仁會說妳和那個女生很像了。」

我微微瞪大雙眼，權恩亨看著我，露出複雜的笑容。

「女主角會記得消失的男主角，她會記得他們倆之間的幸福時光，也同時被折磨著……就是這點，和小丹很像。我們什麼都不記得了，但是妳卻全都記得……」

「……」

「也許有一天，我們之間的回憶，會成爲妳的苦痛。」

『也許有一天，我會像那個女主角一樣，獨自留在原地哭泣嗎？』

權恩亨說完，客廳又陷入沉默。

電視上的男歌手正在表演奇怪的特技，觀眾席一片爆笑，卻沖不淡這死氣沉沉的寂靜。受不了這種氣氛的我，搖搖晃晃地站起身，頭昏腦脹的。

我邁開腳步走向黑漆漆的廚房，從洗手槽上方的架子裡拿出玻璃杯。整個人就像沉入了深不見底的水裡，暈頭轉向。即使倒了冷水喝下，也難以舒緩暈眩。

我靠著洗手槽，將杯子抵在額頭前，這時有人走了進來。回頭一看，劉天英的半張臉隱藏在黑暗之中。

我瞇著眼抬頭看他，咧嘴一笑。劉天英則露出怪異的眼神。

我放下貼著額頭的杯子，把杯子裡剩下的冷水倒進洗手槽後，再次轉身看他。他依舊站在原地，我開口問道。

「怎麼了？」

「對不起。」

我一問他怎麼了，他便馬上回應我。

『呃，蛤？』我眨眨眼，抬頭看他。

他有什麼需要對我道歉的事嗎？而且還一臉認眞？我想破頭也想不起來。看我不斷眨眼，劉天英緩緩皺起眉頭，開口說道。

「我終於知道……妳爲什麼這麼想轉學了。」

「……」

「對不起，還對妳生氣。」

他說完，有點難爲情地迴避了我的視線。那雙淺藍色的眸子便一直盯著我身旁的冰箱。

我看著劉天英，忍不住小聲地笑了出來。他認眞的一面偶爾會讓我發笑，偶爾會讓我哭泣。最重要的是，這正是我喜歡他的原因之一。我在黑暗中摸索，握住他的手。

他嚇了一跳，轉頭看了過來。我笑著開口。

「哎喲，爲什麼你要道歉啊？要是我朋友想轉學，我也會生氣呀。」

「抱歉，我那時候不知道原因。」

「那是因爲我沒說嘛。」

語畢，略微尷尬的我用另一隻沒牽住劉天英的手搔著額頭。接著，我輕輕抬頭看他，吞吞吐吐地說。

「呃，我……沒說原因，其實是因爲……連我自己都不會信了，誰會信？」

「……」

「我沒想到宙仁會記得，他的記憶力還眞不是蓋的。如果是我，看到手機有不認識的號碼，一定會直接刪掉。」

「是啊。」

「他應該要去NASA開發宇宙飛船才對，眞搞不懂他怎麼還在這邊上學。」

我一邊說，一邊探頭觀察客廳，手仍舊牽著劉天英。

禹宙仁被牆壁擋住，看不到他，只能看到慵懶地躺在沙發上的殷智皓和坐在他旁邊的權恩亨而已。

然後，我緩緩鬆開劉天英的手，乾咳了一聲，打算回到客廳。突然聽到背後有人叫我的聲音，我轉過頭。

「你叫我嗎？」

「嗯。」

劉天英一臉欲言又止，我訝異地站在原地看他。看劉天英這麼猶豫，眞不知道他要說的是多了不起的事情。下一秒，他嘴裡吐出的話讓我微微一愣。

他說——

「如果……妳想轉學就去吧，我不會攔妳。」

「……」

「還是上了高中妳想裝作不認識……我也會照做。我不會生氣，一切都依妳，妳想怎麼做就怎麼做。」

他邊說邊把手插進口袋，並將身體靠向客廳燈光照不到的陰暗處。我頓時啞口無言，只能呆呆地望著他。

我還沒要求劉天英上了高中要裝不認識，他卻主動向我提議。看我安靜了好久，劉天英面露擔憂地問。

「怎麼了？」

他仍舊一臉緊張。我注視著他，總算明白他是下了多大的決心，才會說出剛剛那句話。

再加上我腦海中就隱隱約約感覺劉天英是小說中的冰山王子，經過他剛剛對於連續劇男主角的一番評論，更加坐實了我的認定。

「我不懂那個男人在想什麼。」

「如果是我……從知道自己死期將至的那一刻起，就不會再出現在那個女人面前了。就算想她想到快瘋了，也會忍耐，這樣那個女人才能早點忘了我。」

他就是這種人，即便他覺得我們是朋友，想和我一起共度高中生活……他還是會先顧慮到，我獨自一人活在沒有他的世界會有多痛苦，所以他才會說要忍耐。

我茫然地望著劉天英湛藍的雙眼。他略微尷尬地將視線轉了一圈，從我身邊，到天花板，再到地板，然後才正眼看我。一和他對視，我便露出燦爛的笑容。

我朝他伸出手，像是要握手那樣。而他瞥了一眼我的手，露出訝異的神情。我開口叫喚他。

「天英。」

「……」

我第一次沒有連名帶姓地叫他，他一臉驚訝。我抬頭，笑著看他。

「那個，我們上了高中……也要好好相處喔。一起創造更多的回憶，就像國中那樣，繼續當朋友吧。」

「……」

我還是沒辦法……放棄他、放棄他們。我做的這些舉動，只有我自己最明白其中的意義。

即便我知道自己會受傷，也知道他們會受傷，但對於如此爲我著想的他，我還是感到萬分感激……所以我無法放手。我泰然自若地伸出的指尖微微顫抖，心臟則緩緩地跳著。

他安靜了好一陣子，才慢慢握住我的手。我透過客廳微弱的光線，看著他白皙的手背，還有宛若鋼琴家的纖長手指。

他彷彿怕會弄傷我似的，輕輕地握住我的手又放開，然後回應道。

「好。」

劉天英露出的那個笑容，呃，簡直可以讓我的神智飛向九霄雲外。我動彈不得，只能直盯著他，久久無法自已。

直到他快要起疑時，我才回過神來，急忙鬆開他的手，倉皇地跑回客廳。

我停在仍然躺在沙發上的殷智皓和坐著的禹宙仁面前。我緩著氣，開口叫他們。

「喂，殷、殷智皓、宙仁。」

「呃，嗯？幹嘛？」

殷智皓有點嚇到，不情不願地回應我。我咧嘴微笑，朝他伸出手。他露出一頭霧水的表情，但還是跟我擊掌。

接著，我笑著說道。

「喂，上了高中也要繼續當朋友喔。」

「什麼嘛，是要說這個嗎？」

殷智皓眼睛一亮，笑容爬上他的臉，他聽懂我話中的意思了。

我看著他，擦著下巴的冷汗，然後也和下方舉起手的禹宙仁擊掌。

啪！掌心碰撞，發出了清脆的聲響。

隔天起床時，我親眼確認了花俏的制服與古色古香的掛鐘。但是剛到學校，就聽見了一個晴天霹靂的消息：潘如翎和我第一次沒有同班。

網路小說的法則

My Life as an Internet Novel

第4條

是不是有性別認知障礙

我茫然若失地看著貼在禮堂前的八班學生名單。一班下面寫著潘如翎，還有四大天王的名字，而我的名字則是在八班名單的最末端。

我能斷言，這件事帶給我莫大的打擊，因爲我是潘如翎唯一的閨密！按照常理來說，潘如翎和我不可能不同班啊。

難道是作者？這部小說該死的作者打算在升上高中後，指派其他女生擔任潘如翎的閨密嗎？我已經沒有利用價值了嗎？怎麼會、怎麼會發生這種事？

我大受打擊，腦袋一片空白地站在原地，潘如翎則站在我身邊噙著淚水，搖著我的肩膀。我已經好幾分鐘都沒反應了，她卻仍不嫌累，一直晃著我。

多虧她的舉動，從剛剛開始，我就不斷感受到四面八方的視線。

一開始，我還以爲大家是因爲我和潘如翎怪怪的，才會一直看我們。但仔細聽他們說的話，才發現原來不只如此。

「至尊國中的潘如翎就是她嗎？這次的榜首？」

「聽說她入學考考滿分耶！我們昭賢高中的入學考不是爆難的嗎？但她竟然考滿分。」

「聽說她國中也是滿分考進去的。哇，你看，她好正喔！」

聽著這樣的對話，我內心五味雜陳。我跟潘如翎說我沒事，她才停下動作。『啊，好暈。』除了被潘如翎搖到頭暈之外，圍繞著我們的各種噪音也讓我頭昏腦脹。

我抱住昏昏沉沉的腦袋，皺著臉。然後看到潘如翎身後，有幾道光鮮亮麗的身影朝我們走來。與此同時，人群就像摩西分海一樣，各自散成兩邊。眼前如同出現四大天王專用的道路，他們卻面不改色地一邊聊天一邊前進。

啊，等等。我默默地舉起手摀住耳朵。隨即四周傳來尖叫聲，打破了沉默。

「呀啊啊啊！是四大天王！」

「啊，智皓大人，你好帥！」

「好險我有考上這所學校，嗚、嗚嗚……」

看他們徹底無視眾人愛慕和忌妒的視線，以及歡呼聲，大步往我們這邊走來時，我頓時臉色發青，內心忍不住這麼想。

『看來他們上了高中也還是被叫四大天王。啊，該死的四大天王……』

我默默放棄了對身心的安定、平靜的校園生活這種渺小的期待。不管什麼事，放棄都是最輕鬆的。

此刻，殷智皓一如既往，威風凜凜地大步走來。令人意外的是，他的視線直勾勾地看向我。看著陽光灑落在殷智皓的臉龐，我竟然也能理解為何大家會驚呼連連了。

接著，殷智皓把手搭在潘如翎肩上，一臉惋惜的樣子看起來非常討厭。他散發的氣質正是平時在眾人面前所展現的特定模樣，難過的情緒不多不少，剛剛好。

看著他這副機車的模樣，我正想皺眉的時候，就傳來了他親切的嗓音。

「咸小丹，就算班級不同，我也還是會去找妳玩的，不要太傷心喔。妳難過的話，我也會心疼的。」

這一席話如果是權恩亨說的，我一定馬上哭著衝過去，但開口的人是殷智皓，怎麼聽都像是在酸我。看他態度那麼嚴肅，肯定是在逗我。

我臭著一張臉，咬牙切齒地說道。

「欸，滾吧你，沒有你，我也能活得很好。」

「眞的嗎？」

「嗯嗯。」

這時他才恢復原本的個性，嘴角一扯，嘲笑著我，我隨口應付他，無須言語也能看出殷智皓非常樂在其中。接著，權恩亨站了出來，用手臂撞了他一下，要他不要這麼開心。

權恩亨猶豫了一下，然後拍拍我的頭，露出一個溫柔的笑容。

「我再去找妳玩。」

「不用啦，太遠了，今天不用來找我也沒關係。」

看吧，這才叫禮尙往來，古人說的沒錯。要像權恩亨用這種討喜的態度說話，我才會用和善的態度回話嘛。

殷智皓一聽到我語帶害羞地回應權恩亨，就在他身後皺起眉，眞是的……

在我瞪他的時候，權恩亨又開口了。

「待會放學見。」

「呃，嗯，好，放學再傳訊息吧。」

「嗯。」

他又拍拍我的頭，這次換劉天英和禹宙仁看向我。

劉天英可能還在為昨天的談話感到不好意思，一和我對到眼，他便聳聳肩，用嘴形要我「加油」。我點點頭。

最後則是禹宙仁，他露出燦笑，一雙單眼皮彎彎的，飛撲了過來。

「嚇！」四周紛紛傳來驚呼聲。『啊，眞是戲劇般的反應。』我嘟囔著並鬆開了禹宙仁。他低頭看我，眼眸透出金色光芒，神色難過地開口說道。

「媽，別哭。」

「嗯。」

「妳哭的話，我也會想哭的。」

「我沒哭。」

「吼，就叫妳別哭了嘛，我也會想哭啊！」

『我就沒哭嘛。』我只在心中呢喃，懶得再多做回應。

禹宙仁和我說話的時候，雙手搭在我肩上，感覺就像一隻大型黃金獵犬雙腳搭在我肩上一樣。

硬要說的話，禹宙仁是犬系的。不過他偶爾會幻化成人，大步地向我走來，像是昨天晚上。那種時候，是我最害怕的時候。

當殷智皓一將哭喪著臉的禹宙仁拖走，潘如翎便用憂傷的眼神看著我，然後連她也被殷智皓一把拖走，消失在我眼前。

『啊，再見。』我落寞地對他們揮手，然後看著透過禮堂玻璃門散落的陽光。天空那一端湛藍又晴朗，也許作者就在上面看著我。把我整得這麼慘，她一定很得意，所以天氣才這麼好。

我看著天空，喃喃自語。

「看來我是受到天罰了。」

一定是因爲我一直傷朋友的心，要他們跟我裝作不認識，所以才會受到懲罰。

這樣一想，心情頓時輕鬆多了。我背著包包，雙手插進口袋，元氣滿滿地獨自走到一年八班。

教室門早已被打開，同學們也進進出出的。教室裡，有來自同一間國中，圍坐一桌開心地談天說地的人，也有害羞地獨自坐在位子上，不斷左右張望的人，還有心不在焉地看著窗外的人。

其中，有個坐在窗邊的同學幾乎是背對著我，看不到他的長相。

我能看見的只有他那一頭猶如西方人的金髮，不過看他的坐姿，應該不是小混混。再加上他的皮膚在豔陽的照射下，看起來晶瑩剔透，應該是外國人。

他穿的明明就是男生制服，頭髮卻比男生長了一些。深棕色的制服褲很適合他纖細的腿型。

我茫然地看著他，突然有人掠過我身後，嚇了我一跳，我才發現自己一直站在路中間，擋住了走道。

剛剛那個經過我身後，不小心撞到我的女生，長相也格外出色。她的五官就像被費盡心思雕琢般地精緻迷人，一頭烏黑的秀髮靜靜地散落在太陽穴兩端。

她的瞳孔深不見底，仔細一看好像還帶點淡藍色，皮膚則像白紙一樣白皙。

雖然她的外貌令人驚豔，但更吸引我的是她的氣質。

她彷彿獨自一人遠離塵囂，散發出了一股孤傲的氣息。簡單來說，就是有種與世隔絕的感覺。

她稍微抬頭看了我一眼，纖長烏黑的睫毛在雪白的臉頰上形成陰影，看起來分外美麗。

她嚅動嘴唇，開口說道。

「啊，抱歉。」

「沒關係。」

聽到我的回應，她點點頭並垂眼凝視我的名牌，接著又馬上邁開步伐往後排座位走去。

而那個女生身後還跟著一名少年，大概比她還高十公分左右，除此之外兩人簡直長得一模一樣。

『是雙胞胎嗎？』啊，性別不同，是異卵雙胞胎，可是竟然能長得如此相像，還眞神奇。

不只我被他們的外貌吸引，除了我之外，還有很多同學的目光都停留在他們身上。雙胞胎卻毫不在意地坐到位子上，一臉無精打采地嚅動著嘴唇，可惜太遠了，聽不見他們在說什麼。

我呆呆地盯著他們，突然聽見有人在敲講臺，轉頭一看發現是老師。

老師白髮蒼蒼，戴著金框眼鏡，稜角分明的下巴令人印象深刻。滿臉皺紋的他，表情帶著些許的憤怒。他停下敲講臺的手，環顧我們，然後充滿魄力地開口。

「喂，都什麼年代了還男女分開坐？男生跟女生！女生跟男生！男女同桌，換位子！」

我看著和同性坐在一起的同學們紛紛起身換位子，於是也轉頭看向旁邊。

金髮少年的隔壁座位沒人。我左右張望，發現幾乎沒空位了，才默默地坐到另一張椅子上。然而，老師卻突然看著我大吼。

「喂，別裝淑女了，給我坐好！」

「呃，是！」

我馬上端正坐姿。隔壁的少年聽見我的聲音，這才發現我的存在。他鬆開撐著下巴的手，緩緩看向我。

他的皮膚白得透亮，淺金色髮梢散落在雪白的額頭上，那雙看著我的眼眸，則是令人驚訝的湛藍色。

他有著鬼斧神工的高挺鼻梁、透出櫻桃光澤的嘴唇……麻煩大家包容，又要看這種令人厭煩的描繪。他敞開的衣領露出了鎖骨，上頭則是像小鹿一樣光滑筆直的脖頸。

她看著我，嘴角勾起一抹微笑。我剛剛才說她穿著男生制服，現在怎麼突然又把「他」改寫成「她」了呢？原因很簡單。

她對我伸出雪白的手，纖細又柔嫩，乍看之下和我的手一樣大。她動動嘴唇對我說。

「嗨，我叫李露多，妳可以叫我露多，以前朋友都叫我『露』，看妳要怎麼叫都行。」

「哦，好，我叫咸小丹。」

「咸小丹？first name是小丹，last name是咸？」

她的嗓音偏中性，清澈又透明。聽著她一臉自然地說出這些拗口的話，我尷尬地嚅動嘴唇，露出一個笑容。

我尷尬的笑容可能有些冒犯，她卻朝我燦爛一笑，令我感到愧疚，接著她抓住我的手，晃呀晃的。看著元氣滿滿的她，我不禁想，原來這就是美式作風嗎？

李露多金髮藍眼，皮膚又雪白，加上充滿魅力的嗓音，這些條件足以讓她成爲風雲人物。其實教室裡也有好幾個同學一直在偷瞄她。

我正在期待李露多轉頭看窗外，但她卻滔滔不絕，一直問我問題。

「啊，我才剛從美國搬回來沒多久而已，發音會不會怪怪的？雖然有跟我媽學韓文，但要對話還是很緊張。」

「所以妳一直住在美國嗎？」

「沒有！聽說我是六歲移民去美國的，但其實我不太記得了，畢竟是小時候的事嘛。」

她邊說邊聳肩，還吐了吐舌頭，看起來可愛極了。我再度凝視著她，確認她沒有喉結。

她瞪大湛藍色的眼眸，詫異地問我。

「小丹，怎麼了？」

「沒、沒有啦，妳的皮膚真的好白喔，好羨慕。」

「這是誇獎嗎？」

「當然囉。」

「Thank you!」

李露多的發音簡直無敵。我和她話說到一半，轉頭看身後，剛剛那對雙胞胎仍然面無表情地坐在位子上。突然，我和那個女生對到眼，嚇了一跳的我急急忙忙地回頭，又看到了李露多那張耀眼得令人感到有負擔的漂亮臉蛋。

教室前方，班導仍然敲著講臺大聲喝斥著，然而我一個字也聽不進去，只是絕望地扶著額頭。

「唉……」

我想，作者把我分到別班，也許是別有目的。

沒錯，再怎麼說，我跟潘如翎可是從一出生就住隔壁的設定，我怎麼可能擺脫女主角姐妹淘的角色？這個枷鎖竟然一升上高中就輕鬆化解，不可能吧。

過了一會兒，我不禁空虛地笑了。

李露多，從美國留學歸國的金髮藍眼美少女。纖細的脖頸與四肢令人忍不住懷疑她的性別，雖然高䠷，但是她沒有喉結。我思考到一半，精神愈來愈渙散，於是緊緊閉上雙眼，發出呻吟。

這個作者終於瘋了。把四大天王這種夢幻人物硬是套用到現實中，就已經夠奇幻的了。現在居然還要讓一個女扮男裝的角色登場？是嫌潘如翎一個人還不夠精采嗎？而且竟然還想讓我當她的「小嘍囉」？

我憤怒地望著蔚藍的天空，雙手緊握拳頭，眼神炙熱地瞪著太陽，在心中發誓，我絕對、絕對不會讓作者稱心如意。

然而，距離高中畢業還有三年，一想到離分班還有一年的時間，我就忍不住想用頭撞桌子。

我怨嘆地趴在課桌上，突然有人搖了搖我無力的背，我低聲呢喃。

「啊，露多，等等，我肚子在痛。」

「喂，班導在黑板上寫名字自我介紹，妳竟然連頭都不抬？」

耳邊傳來低沉又富有野性的嗓音，我頓時彈起上半身。

我瞪大眼睛抬頭，看見了白淨的教室天花板下，年近半百的班導露出彷彿夜叉的表情。我垂眼，盡可能地裝出可憐兮兮的樣子。

「啊，老師，對不起……」

「妳有在反省嗎？」

根據我的經驗，這種時候與其找藉口，不如果斷認錯。

我瘋狂點頭，於是老師滿足地笑了笑，接著像早上權恩亨那樣輕敲我的頭。不同的是，權恩亨是用手敲，老師則是用點名簿。

他露出慈祥的笑容，開口說道。

「妳就是臨時班長。」

「蛤？」

「我看看……妳是咸小丹。啊，班上同學是從哪個國中來的我都知道。原來妳就是至尊國中的咸小丹啊，對吧？」

我哭喪著臉點頭，內心有種無法挽回的感覺。

從老師嘴裡吐出「至尊國中」的那一刻，同學們便開始彼此互看，交頭接耳。聽見他們窸窸窣窣「四大天王」這四個字，就大概能猜到在說什麼了。

老師收起點名簿，敲了敲我的肩膀，往我身邊看了一眼。

「啊，妳就是美國來的李露多嗎？」

「是的，老師。」

「我不是說男女坐一起嗎？」

老師推了推金邊眼鏡，皺著眉說道。李露多馬上爽朗地回應。

「我是男生！」

「哎呀，你的長相讓老師搞混了，不過看氣魄確實是男生。我欣賞你，那臨時副班長就給你當吧。」

「這是我的榮幸！」

老師一臉滿足地摸著下巴，走回講臺。我茫然地看著他，再看向李露多。

『我是臨時班長，李露多是臨時副班長？』如此傻眼的事就發生在一瞬間，彷彿成了作者的玩笑。李露多不管我在心裡哭天喊地，她用那張精緻的臉蛋露出燦爛的笑容，朝我伸出手，鮮紅的嘴唇一動一動。

「我還不太瞭解韓國的學校，請多多指教！臨時班長，我會在一旁幫妳的。」

「呃，嗯。」

她開心地不斷搖晃著我的手。看到她的笑臉，我的頭又開始痛了起來。

此時此刻，我眞的極度想念難纏的潘如翎和四大天王。

★

看來學校受大財團的巨額資助所言非假，牆壁乾淨整潔，課桌一塵不染，猶如新的一樣，閃閃發光。

教室後方的置物櫃是全新的，後排角落的清掃用具無庸置疑也是新的。窗戶寬敞明亮，能將城市全景盡收眼底，天空則是遼闊蔚藍的。

圍繞著昭賢高中第二十四屆新生的盡是祝福，然而，一年一班的學生們表情卻異常黯淡。

他們根本不在意自己的桌椅是否乾淨，只是用一雙焦躁的眼神凝視著前方。

通常在這種時候，大家應該會問彼此是從哪個學校畢業的，或是問對方的名字。本該活潑的教室如今卻一片死寂，而學生們也知道這樣的氣氛並不正常。

誰不希望自己高中生活的第一天就充滿朝氣？但是事情卻不盡如人意。

同學們的視線僵硬地盯著空蕩蕩的綠色黑板，偶爾，非常偶爾，才會小心翼翼地轉向教室中央。坐在教室正中央，頭髮五顏六色的一行人，他們的名聲每個學生都耳熟能詳。

正是至尊國中的四大天王！憂鬱地坐在位子上，把臉埋在課桌裡的少女，看她散落在背上的烏黑秀髮，就能肯定她是他們的花朵，潘如翎。

在禮堂看過她的幾個男同學不禁想著，她爲什麼要那樣？好想再看看她的臉。在偷看潘如翎的同時，當他們一接觸到她後面的那幾名少年凶狠的目光，便急忙撇頭。

坐在潘如翎身後的銀髮少年的臉蛋，用一句話來形容，就是令人難以置信世上會有這種長相。同學們盯著銀髮少年看，心想原來這就是所謂的自體發光嗎？

有些同學曾在演唱會會場上，或是路邊巧遇過明星，卻不曾看過殷智皓這樣的長相，令他們大爲吃驚。尤其是垂在又深又亮的眼眸上的纖長銀色睫毛，更是充滿魅力。

學生們不停地偷看殷智皓，一旦發現他在看自己，便會急急忙忙地轉開視線。因爲心臟會承受不住和他對看的衝擊。

然而不知爲何，看著其他人，心臟也一樣會陷入危險。

坐在殷智皓身旁的少年擁有一頭微捲褐髮，在光線照射下，染上了淡淡的金色，而他的臉小巧白皙。

幾個同學看著禹宙仁露出哭喪的表情感到萬分訝異，他早上明明還滿臉笑意地跳來跳去。而他之所以愁容滿面，正是在看見分班表之後。

很快地，他們想起了那個同樣來自至尊國中，卻是唯一沒和他們同班的女孩。

咸小丹，雖然不如潘如翎令人衝擊，但光是她來自至尊國中，就已經夠吸睛了。看來禹宙仁對於沒辦法和咸小丹同班感到格外悲痛。

坐在禹宙仁正後方的，是最近常常出現在電視與雜誌上的劉天英。這個一頭藍髮的美少年冷著臉坐在位子上。感覺只要碰到他，手指就會結冰。他的心情看起來也不太好。

被他人評價爲「就算只是在呼吸也會讓人覺得冷淡」的劉天英，此時繃著臉，更令人感到害怕。最後，同學們緩緩轉頭，看向坐在劉天英旁邊的少年。接著他們感到稍微安心了一些。在彌漫著冷淡、憂鬱氣息的四大天王之中，唯一一個散發出溫柔氛圍的正是權恩亨。

他如紅酒般鮮紅的頭髮散落在額頭上，溫柔的雙眼透著綠色的光芒。他的眼角微微下垂，看起來親切得就像是在笑。嘴型則像勾勒出來的弧線一樣溫柔，讓人不由自主地產生好感。

權恩亨彷彿是想起什麼好笑的事，突然獨自爆笑出聲。盯著他看到出神的某個少女嚇了一跳，紅了雙頰。他不用露出笑容，看起來就已經在笑了，這樣的長相令人感到幸福，更別說當他揚起嘴角，將雙眼彎成半月形時，效果更是驚爲天人。

少女揪著小鹿亂撞的心臟，再次看向趴在桌上的少女，不對，是瞪著她。

雖然之前她不只一次聽說至尊國中的四大天王，但她的學校距離至尊國中非常遙遠。畢竟是遠在天邊的帥哥，長得再怎麼英俊都與她無關，所以她對四大天王毫無興趣。即便四大天王的照片常常在她身邊打轉，她卻連看都不看。

某天偶然在電視上看到劉天英的照片，由於他的長相太過夢幻，少女也只是嗤之以鼻地想「哈，修圖也修太大了吧」便轉臺。但看到本人，只覺得他的長相比照片還帥氣。

少女自然而然地開始在意起四大天王，進而忌妒起了從國中開始就和四大天王感情很好的潘如翎。潘如翎一直把她高貴的臉蛋埋在課桌裡，至今沒有抬起頭過。

『讓我看看妳那了不起的臉吧！』少女在心中嘟囔。

『到底是多美，才能讓四大天王捧在掌心？』

此時，潘如翎彷彿能讀懂少女的心思，終於抬起頭來。下一秒，終結了少女的思緒。

潘如翎烏黑的髮絲隨著她的動作搖曳，在陽光下一閃一閃的。白色的光線照映著她渾圓的額頭、弧度完美的鼻子、鮮紅的嘴唇，以及纖細光滑的頸子。

雖然一頭黑髮遮住了她的眼睛與雙頰，看不清楚整張臉，但光憑她的輪廓，就帶給少女偌大的衝擊。

『什、什麼啊！』過了好一會兒，少女才忍不住低喃。『她、她是怎樣？到底是怎樣？』

接著，潘如翎一臉睏意地眨了眨眼，舉起白皙的手將髮絲往耳後一撩，就連露出藍色血管的手背也美得驚人。少女這才知道什麼叫做一舉手一投足就能夠魅惑人心。同爲女生的少女都看得入迷了，少年們則是早已深陷其中。

然後，潘如翎放下手，終於露出了整張臉。

她雪白的雙頰彷彿塗了砂糖，散發著細微的光芒。飽滿紅潤的嘴唇、宛如新月的柳眉，以及略紅的眼角。臉頰可能是磨蹭到桌子，也微微泛著紅。她的一切都可愛到令人震驚。

用袖子擦了擦眼角的潘如翎——超級無敵可愛；眨了眨水潤的雙眼——超級無敵漂亮。她轉過頭和殷智皓與禹宙仁說話。她的嗓音乾淨清澈，聽在同學們耳裡就像清透的玻璃鐘聲，讓眾人感到精神恍惚。

她烏黑的髮絲散落在纖細的肩膀上，厚重的外套袖口隱隱約約露出白皙的手腕，裙子下則是一雙筆直光滑的美腿。

最終，所有同學一致認同：能夠堂堂正正地站在四大天王身旁的女孩，只有潘如翎。

潘如翎很憂鬱，她不得不感到憂鬱。她和咸小丹已經一起上學九年了，才正要邁入第十年，而且她們不曾不同班過。

雖然她不是基督徒，但每到分班的前一天，她就會向上帝祈禱讓她和咸小丹在同一班，她也一直滿足於上帝對她的厚愛。

問題是昨天她忘了禱告。一想到小丹一直隱瞞著令人大受衝擊的事實，她就腦袋一片混亂，根本無法禱告，而代價就是今天這個下場。

啊啊啊！潘如翎又趴回桌上，雙腳跺地。竟然是一班到八班！

一直以來，潘如翎和咸小丹都是同班。通常教室的面積是9.0乘以7.5公尺，意思就是，由於潘如翎和咸小丹在同一個教室裡，她們最遠的距離頂多也只是對角線而已。而用畢氏定理計算，教室的對角線長度約莫11.7153745……

潘如翎在一瞬間把兩個數字相乘，得出了不得了的答案，但是她對自己的心算能力卻沒有感到一絲的自豪，只是痛哭失聲。太離譜了，怎麼可以這樣。

一班到八班的距離，以走廊爲基準，橫向計算所有教室的話，9乘以8就是72公尺。72公尺？她們之前最遙遠的距離頂多11公尺，如今卻是72公尺？

嗚嗚嗚，潘如翎眞的好想放聲大哭。72公尺再除以11，足足是6.55。她和小丹在學校的距離增加了6.55倍，這會不會太誇張了？

要是其他人能讀懂潘如翎不停歇的腦內思緒，一定會問她是不是瘋了，勸她別再計算了，可惜的是沒有人會讀心術。因此，坐在潘如翎身後的四大天王，也只是望著她趴下的背影，心想等她恢復心情就會自己振作起來了吧。

因爲與咸小丹不同班而大受打擊的還有一人，正是坐在潘如翎斜對角的禹宙仁，他正用濕潤的雙眼看著剛剛發下來的文學課本，一頁一頁地翻閱。

殷智皓看著禹宙仁的側臉喃喃自語，不知道該不該慶幸他不像潘如翎那樣趴在桌上哭。然而，禹宙仁突然沉痛地皺起臉，還發出了哽咽聲，讓殷智皓頓時啞口無言。

禹宙仁就像一個失戀的女人，顫抖地發出聲音，他哀戚地吟著詩，那首詩正是《高麗歌謠》。

「十一月長廊……啊啊，蓋衫躺臥，身心皆寒，悲哀呀……失去伊人，各自分飛……嗚呃，動動橋……啊呃，嗚嗚。」

背完詩的禹宙仁，最後也像潘如翎一樣，把臉埋在教科書中，肩膀一動一動的。

前幾天曾讀過古典詩的殷智皓聽得懂這首詩的含意，他忍不住目瞪口呆。

禹宙仁讀的是《高麗歌謠》的〈十一月令〉，解析如下：

十一月的長廊上，

啊啊，蓋著汗衫躺臥在地，

真是太悲傷了。

竟和所愛之人各奔東西。

一言以蔽之，就是和心愛的人各自生活的悲傷詩詞。但他怎麼能夠一下就選中這個部分，還直接朗誦出來？殷智皓嚇了一跳，下一秒又感到錯愕不已。

不過就是分班而已，別人看了還以爲咸小丹出國留學了咧。他還是第一次覺得這首詩聽起來那麼悲戚。

殷智皓輪流看著顫抖的禹宙仁和潘如翎，內心五味雜陳。他無聊地看看四周想找樂子，就聽見後面傳來權恩亨的笑聲，不禁詫異地轉頭。

坐在權恩亨隔壁的劉天英看起來也有點不自在，不對，準確來說是他毫不避諱地在擔心獨自一人的咸小丹，然而權恩亨卻一直面帶微笑，這讓殷智皓感到訝異。

不對吧，要說最珍惜咸小丹的人，權恩亨可是當仁不讓啊，不是嗎？咸小丹面對四大天王，也只有對權恩亨不是連名帶姓地叫——對她來說禹宙仁應該不算人類就是了。

權恩亨一下就發現殷智皓訝異的眼神，他收起笑容，看著殷智皓，眼角仍帶著些微的笑意，接著他聳了聳肩。

「沒有啦，剛好看到冷氣嘛。」

「蛤？」

聽見他這麼一說，殷智皓抬頭看了看天花板上的白色空調，和國中時的一模一樣。殷智皓聳肩，再度看向權恩亨。後者卻不發一語地用眼神示意著身邊的劉天英。

『不是在講冷氣？關劉天英什麼事？』他訝異了一下，隨即明白了權恩亨的意思。

殷智皓「噗」地微微笑出聲，劉天英便馬上轉頭看他。他眉頭深鎖，臉上的表情彷彿在說：現在這種情況有什麼好笑的？一方面又好奇他在笑什麼。

殷智皓在開口前搔了搔後腦勺。咸小丹不在，可以說這件事嗎？他看向權恩亨，待對方笑著點點頭，殷智皓這才開口告訴劉天英。

「欸，你還記得去年夏天嗎？那時已經考完期末考，距離暑假沒剩幾天，天氣熱到班上的同學都倒成一片。」

劉天英默默點頭，接著又皺起眉頭，彷彿想起了那年夏天發生的詭異事件。嘻嘻，殷智皓在心裡竊笑。

「那時班上的同學不是怪怪的嗎？就是他們會莫名其妙地突然說『啊，好熱！好熱，天英』，然後跑去跟你勾肩搭背，坐在你旁邊，還一直想摟你的肩膀，瘋狂纏著你。你不覺得他們那時候有點怪嗎？」

劉天英微微加深緊蹙的眉頭。

劉天英的長相和個性完全一致，雖說人類需要大量的肢體接觸，但這句話無法套用在他身上，因爲他不喜歡別人碰他。不到討厭的程度，可是眞的不喜歡。

再加上如果是炎熱的夏天，再怎麼喜歡肢體接觸的人，也會對別人的擁抱排斥。然而，那年夏天，大家卻動不動就對劉天英喊熱，然後撲上他。

人類只要互相靠近，體溫便會理所當然地上升，但他們爲什麼要抱住自己？

殷智皓好像看出劉天英表情中的不耐，他忍不住偷笑，接著繼續說道。

「喂，你還記得那時候咸小丹一天到晚想睡覺，動不動就趴睡嗎？不管潘如翎和禹宙仁怎麼吵她，她都不起來，好像眞的睡死了一樣，然後還一邊聽MP3。」

「我記得。」

「然後，大概是什麼時候啊？你之前不是常常那樣嗎？咸小丹靠在桌上的那一耳戴耳機會痛，所以她都只戴一邊，另一邊就放在桌上，而你偶爾會去坐在她旁邊戴起另一邊的耳機。你不是跟著睡著，就是又起身去別的地方。」

劉天英生硬地點頭。他好像不記得那時大概超過十個女生也和小丹用同一個姿勢入睡，她們也希望劉天英聽聽自己正在聽的音樂，至少能和劉天英戴著一樣的耳機聽音樂也開心。

殷智皓正要開口，對面的權恩亨就爆笑出聲，像是又想起了那時候的事情。

接著開口的是權恩亨。他面對劉天英，彎著水汪汪的眼睛說道。

「還有一次不知道是什麼時候，你又趴在小丹旁邊睡著了。小丹一旦睡著，就不會輕易醒來。可是你趴在她旁邊大概過了半小時吧？她突然睜開眼睛，然後一副很冷的樣子摩擦手臂。當時我們坐在你們後面，大家看電影看到一半，發現小丹難得醒來，就開始觀察她。」

「然後呢？」

「小丹緊皺眉頭，左右張望，半睜開雙眼……啊，看起來很像賤兔。她半瞇著眼一直四處看，感覺好像不知道爲什麼自己會醒來。我們也搞不懂，所以也盯著她看，然後小丹突然低頭看到趴在旁邊的你，於是皺眉說了一句話，你知道是什麼嗎？」

劉天英稍稍瞪大了淺藍色眼眸，搖了搖頭。殷智皓原本想回答，可是忍不住笑了出來。他一邊抖動肩膀，一邊回應。

「她看著你，眉頭緊蹙……說『啊，難怪這麼冷』就又倒頭大睡。」

「……」

「哈哈，老實說，你、哈，長得確實是滿冷的，但是咸小丹竟然半睡半醒地講出這種一針見血的話，超級好笑，大家都笑到東倒西歪，後來你就被傳說是人間冷氣機。」

劉天英瞪大雙眼，好像受到了打擊。殷智皓呵呵笑著，一想到大家一邊喊熱一邊跑向劉天英就止不住笑意。

權恩亨也想著一樣的事，他上揚的嘴角完全不打算歸位。然後，他們倆對視，忍不住捧腹大笑。

那年夏天，劉天英被一群一邊喊熱，一邊吵著要抱他的男同學纏身，度過了一個痛苦的季節。

他們平時明明覺得劉天英不好相處，怎麼突然變得這麼大膽，爲此感到困惑的劉天英這下總算知道答案，但是他也開心不起來。

然而，劉天英並沒有發怒或嫌煩，反倒是深深地嘆了口氣，讓他訝異的是從剛剛就一直笑個不停的那兩人。

下一秒，權恩亨馬上問他。

「幹嘛嘆氣？眞不像你。」

「聽你們說這些，我又更擔心了。」

「擔心誰？咸小丹？」

殷智皓在一旁開口問道，劉天英馬上又深深嘆了口氣。他放下撐著下巴的右手，隨即又把左手抬到桌上撐下巴。他視線低垂，又是一聲長嘆，嘴裡吐出的話語猶如嘆息。

「咸小丹自己一個人還行嗎？」

「她人是有點古怪，但又不是不好相處，擔心什麼？等午休時間去看，她一定就會跟其他朋友坐在一起談天說地了。」

「對啊，劉天英，不用瞎操心啦，我們現在該擔心的是這裡。」

殷智皓說到一半，轉過頭，向他示意坐在自己隔壁吟詩的禹宙仁，以及又趴到桌上，不停跺腳的潘如翎。接著他又繼續說。

「這兩個失魂落魄的人，我比較擔心他們倆有辦法去吃午餐嗎？」

「要是他們不去，就硬把他們拖去吧，沒辦法了。」

權恩亨一邊回答，一邊略微尷尬地笑了笑。看潘如翎和禹宙仁的樣子，殷智皓說的好像沒錯。劉天英又嘆了口氣。

同一時刻，一年八班的光景與劉天英擔心的截然不同，不，應該說發生了完全相反的事。

「我是從至……至、至尊……國中畢業的咸小丹，請多多指教。」

該死！我一自我介紹完，就把臉埋進雙手裡。國中一年級，在我還不知道將來會發生什麼事時，曾經不經意地想像過……

「妳是從哪間國中畢業的？」

「至、至尊國中。」

「噗、噗哈！至、至、至……尊？她說她是至尊國中的耶！」

做夢都沒想到這種幻想竟然就要成真了。我一屁股坐回位子上，嘆了口氣，開始等待其他同學的反應。

不用想也知道，他們一定會哄堂大笑，或是用充滿同情的眼神看我……然而，我瞪大雙眼。奇怪的是，大家的反應與我想像中的不同，只是一片安靜。

我張望四周，同學們都露出訝異的神情。沒錯，這邊和我的想像是一致的，可是他們接下來說的話讓我忍不住嗆到，哇！

「至尊國中？是韓蔚集團和渤海集團會長的兒子上的那間……」

「還有至尊國中的四大天王！媽呀，竟然是那間學校的……」

「好猛喔。」

「好羨慕。」

我咳到身旁的李露多，那個不太會被嚇到的男裝女孩都露出詫異的表情。等好不容易平靜下來後，我緊緊抓住桌角，沉默了好一會兒。

我不禁心想，『啊，也對，這個世界就是這樣……』

眞是好險，不對，該說是好險嗎？呃嗯，我忍不住呻吟，突然感覺背後有股視線。轉頭一看，發現是那對冷靜到令人印象深刻的雙胞胎，他們正用同情的眼神看著我。這麼多同學裡，好像只有他們倆覺得我的國中校名很奇怪。好險還是有正常人，我在心中暗自垂淚，一邊回過頭。

『很好，至少日子不會那麼難熬。』就在我這麼想的同時，身邊的李露多突然站起身。我頓時感到無言。

『啊，對吼，我都忘記妳了。』女扮男裝的李露多，在潘如翎消失後，我身邊又出現另一個網路小說的女主角。

她那張漂亮的臉蛋掛著一抹微笑。她環顧四周，笑著開口。

「我叫李露多，是從美國來的，還不太適應韓國，所以有點擔心。請大家多多指教，好好相處吧！」

她最後一句話音量極大，大到教室裡迴盪著「好好相處吧」這句話，耳朵也跟著嗡嗡作響。

我呆坐在位子上盯著她看。她坐下後，用那雙湛藍的眼眸對我送了個秋波。而這個舉動好像被其他同學看到，四周發出讚嘆聲。眾人的感嘆詞都是「好可愛」或是「好帥」。聽著這些話，我又再度蹙起眉頭。

「好帥」這種話一般都是用在男生身上，即使李露多身高看起來有一七二，大家也都毫不猶豫地相信她是男生嗎？

我沒有用笑容回應她的眨眼，反而皺著眉，這讓李露多感到驚訝。她憂心忡忡地問我。

「小丹？還好吧？妳怎麼了？」

「沒、沒有，我沒事。」

我找不到藉口，只能隨口應付。李露多也許是從我的語氣中察覺到不對勁，聽完我說的話，盯著我看了好一陣子。

我的側臉感覺到一股炙熱的視線，此時，教室後方傳來令人印象深刻的嗓音，我不由自主地轉頭看去。

雙胞胎的女生緩緩起身，她深藍色的睫毛下，那雙透出湛藍光芒的烏黑眼眸掃視著教室，接著停留在我身上，讓我頓時忘了呼吸。

很快地，她面無表情地看向老師，慢慢張開蒼白的雙唇。

「我是石峰國中畢業的金慧黠，隔壁這個是晚我三分鐘出生的雙胞胎弟弟，他叫金慧宇，請多多指教。」

我還以爲她自我介紹完就會坐下，但是她猶豫了一會兒，嘴角微微上揚，露出了一個微笑。雖然看起來並不開朗，可是她的笑容格外吸引人。接著，她坐了下來，身旁的少年則站起身。

他眞的和金慧黠長得好像，兩人除了身高以外，其他都一樣。他的四肢纖長筆直，身材看起來很適合當模特兒。

他一臉淡然地看著我們，聳了聳肩，開口說道。

「剛剛金慧黠已經幫我介紹完了……我再自我介紹一次，我是石峰國中畢業的金慧宇，請多多指教。」

在坐下之前，他也彎起深藍色的眼睛，微微一笑。長得好看可以說是那對雙胞胎的特色。金慧宇長得非常秀氣，而金慧黠則有種小男孩風的美少女感。

接著，我看向坐在我隔壁排最前面的少年，他站起了身。

我一看到他就覺得氣質好像劉天英。雖然沒有帥到驚爲天人，但是銳利的眼角及端正的長相給我一種熟悉的感覺，一頭褐髮往下梳得整整齊齊。

他穩重地開口。

「我是石峰國中畢業的申瑞弦，請多多指教。」

聽到他的名字，我下意識皺眉。『申瑞弦？這名字好像很常在哪聽到。』

申瑞弦肩膀略顯窄小，但是體格分外輕盈，身材精瘦又結實。他坐在位子上的姿勢就像朝鮮時代的書生一樣又挺又直。

我看著他，身旁傳來窸窸窣窣的討論聲。

「他不是去年青少年國際射箭比賽的那個第一名嗎？」

「他應該是射箭體保生吧？我們學校不是有射箭社嗎？」

「哇，我好像前幾天才在電視上看過他。」

啊，對吼。我這才搔了搔後腦勺。對啦，申瑞弦。在他被稱之爲射箭圈新星時，我也在電視上看過他幾次，所以知道這個人。而且我還知道端正的長相是他受歡迎的原因之一，如今看到本人，確實如此。

石峰國中也像我們學校一樣有四大天王嗎？思及此，我緊皺眉頭，接著馬上搖了搖頭。

『哎呀，不可能啦，別亂想。』

自我介紹環節一結束，班導便叫我們各自聊天。李露多用下巴朝門的方向點了點，看起來是要跟我一起出去。

爲什麼？我不知所措地看著她，她則起身推了推我，開朗地笑著說。

「老師叫我們去找他，快走吧！」

「蛤？什麼？」

「走吧，小丹！」

李露多開心地挽著我的手臂，這樣的她瞬間看起來好像潘如翎。

確實，李露多莫名開朗的樣子，到熟練地抓著我手臂的舉動，都和潘如翎如出一轍。

哎，是這部小說的女主角都這種個性，還是純粹是作者的喜好？我一邊想著，一邊和李露多挽著手穿越教室前方，回過神來才發現大家都盯著我們看。

我轉頭一看，除了剛剛還無精打采的雙胞胎之外，就連看起來對凡事都沒興趣的申瑞弦也一臉興致勃勃地看著我們。不對，他們感興趣的應該是李露多拉著我走的開朗模樣。更讓人傻眼的是女同學們的視線。她們的眼神與其說是忌妒，不如說是羨慕……這讓我感到慌張。

同學們，你們覺得李露多是男生嗎？在你們眼裡，她眞的像男的嗎？這個世界的人都有性別認知障礙嗎？看就知道她是女的啊，怎麼會看不出來？她不但沒有喉結，長得還很漂亮耶！

我在腦內發瘋的時候，李露多則一直吱吱喳喳地跟我說話。陽光把她的側臉照得耀眼，一點陰影也沒有。我忍不住喃喃自語。

「沒錯，妳是電妳是光，妳是唯一的神話。」

「蛤？」

李露多轉頭看我，我心一驚，默默低下頭。

「沒有……沒事。」

是嗎？李露多簡單地回應我。接著大大方方地打開教室前門來到走廊，再小心翼翼地關上門，拖著我走。

老師也不管我們有沒有跟在後頭，慢悠悠地走進教務處，不看後面一眼。我看著老師，突然抬起目光。

被叫出來的臨時班長應該不只有我們，其他班級的學生也有一兩個人在走廊上吧？就在我這麼想的時候，突然看見走廊的盡頭有兩個人正一步一步地走過來。

烏黑的秀髮散落至腰部，雖然不如以往的整齊，但我還是一眼就看出對方是誰。

陽光從走廊那頭的偌大玻璃窗灑落，讓她的髮絲閃爍著紫紅色光芒，光看這個就能肯定了吧？

潘如翎不斷揉著通紅的眼眶，一邊和她身邊的權恩亨說著什麼，表情看起來像是快哭了。

而回應著她的權恩亨則是面有難色。他的髮色還是一樣紅通通的，不管在哪都非常顯眼。

我邊被李露多拖著走邊想，『啊，果然，這次又是權恩亨當班長，潘如翎當副班長。』就在這時，潘如翎就像察覺到我似的，猛地抬起頭，視線準確地射向走廊盡頭的我。

我嚇了一跳，悄悄躲到李露多身後。抓著我手臂的她轉頭，一臉驚訝。她用輕快的嗓音問我

「怎麼了，小丹？」

「沒、沒有。」

我頓時慶幸李露多不會察言觀色。萬一她沒回頭看我，而是看著前方，那看見一臉母夜叉樣的潘如翎惡狠狠地走來，一定會嚇到。

走廊的窗戶全都關著，一點風也沒有，潘如翎的頭髮卻瘋狂地飛舞著。我在李露多身後探頭探腦，還以爲權恩亨會阻止潘如翎，然而並沒有。

權恩亨和平時一樣，露出溫柔的微笑。他完全沒阻止潘如翎，只是慢慢地走著。

教務處在走廊的正中間，大概是在四班和五班中間，我們的距離也只剩下不到五公尺。

李露多彷彿把我的手臂當成玩具，先是克制不住興奮的情緒，勾著我的手臂，接著又露出笑容，和我十指交扣。最後，我們和近在咫尺的潘如翎相遇了。

老師推開門，我們只能乖乖地進入教務處。教務處就和其他學校一樣，有好幾張寬敞的桌子，桌子之間有隔板，每張辦公桌上都擺了電腦螢幕、鍵盤、咖啡罐和課本。

班導走進最裡面的位子後叫了我們。

「喂，臨時班長、臨時副班長，過來。」

「是！」

李露多精神抖擻的回應響起，坐在位子上的四五個老師全都轉頭看向這裡。我尷尬地向他們鞠躬，李露多仍然抓著我的手臂。原本想跟著她走的，但是看到後方的人，我嚇了一跳。教務處光線最明亮的地方，正是離門不遠的書櫃，潘如翎和權恩亨，還有其他同學都站在書櫃前。潘如翎的視線望著我們這裡，眼裡卻充滿怒火。

我慌張不已，『呃，她、她是怎麼了？』權恩亨知道嗎？我轉頭看向她身旁的權恩亨。一和權恩亨對到眼，他便聳聳肩，露出笑容。

那個笑容卻不如以往爽快。簡而言之，這是他心情不好時的客套笑容。

接著，潘如翎的嘴形好像在對我說什麼。『唔啊？什麼唔啊？』我看不懂她的意思，不禁皺眉。這時班導叫了我們。

潘如翎一臉欲哭無淚，我用嘴形對她說了「待會見」便走向班導。

班導坐在距離教務處入口最遠的位子。他舒服地坐在電腦椅上，用下巴示意放在前面的椅子，要我們也坐下，但是椅子只有一張啊。

呃，誰要坐？我慌張地看向李露多，她調皮地笑了笑，一把壓住我的肩膀。我糊里糊塗就坐了下來，班導則點點頭，對李露多露出笑容。

「哇，你眞不愧是男子漢中的男子漢。」

「哈哈，謝謝老師！」

「自我介紹的時候也充滿魄力，老師很滿意，男子漢就是要ｍａｎ！」

「我就是魄力的代名詞！」

『眞好笑，她根本不是什麼男子漢。』我一邊心想一邊偷偷望向窗戶。從寬廣的教務處窗戶往外看，就能看見操場。可能是開學第一天吧，根本沒有學生在上課。我將視線拋向遠方的窗戶，對於班導和李露多的對話只能虛應一笑。

我大概知道了，是熱血教師和活潑的男裝女孩，就是這種劇情吧？作者還眞老套。

此時，他們倆結束了對話，班導從書架上拿出一疊文件遞給我。

我不知所措地看著班導，他開口說道。

「啊，幫我發給同學們。一份是牛奶申請單，另一份是班級聯絡資料。叫大家聯絡資料要寫家長的手機號碼，還有家長的職業一定要寫清楚。」

「是。」

『那幹嘛叫我們坐下啊？』我略微錯愕地抬頭看班導，他卻又抽出一張紙放在辦公桌前。

什麼？我低頭想看個仔細，卻發現有淺黃色髮絲散落在我的肩膀上。

我微微抬頭，發現是美得讓人感到有負擔的李露多，她的臉就在我旁邊。爲了看清楚紙上的內容，她彎腰把頭靠在我的左肩上。

李露多臉上金色的細毛在陽光下一閃一閃的。我盯著她猶如蜂蜜般溫暖的髮色，以及瀏海下光滑雪白的額頭，接著漫不經心地回過頭來。當然，如果她是男生，我會感到害怕，但她並不是。

班導毫不在意我們的姿勢，敲著空白的紙張，開口說道。

「接下來是我們班座位的安排。你們想怎麼做？要重新選位子，還是讓大家就按照現在這樣坐一個月？」

「……」

我並沒有馬上回答，再怎麼說還是應該要先問問同學們的意見，但在給班導答覆前，我轉頭瞄了李露多一眼。

湊巧的是，她也正好轉向我。

看見她近在咫尺的臉龐，我不禁嚇了一跳。我們之間的距離不到十公分。

此時，教務處的角落響起淒厲的尖叫。

「喂！」

我嚇到差點從椅子上摔下來。屁股滑了一下，身體一陣歪斜。旁邊伸來一隻纖細的手，手指細長纖瘦，卻充滿力氣。

『吼，靠，嚇死人喔！』我在心裡吶喊，抬頭一看，便看見明亮的光線下，李露多湛藍的眼眸充滿擔憂地望著我。她動了動嘴唇說道。

「小丹，妳還好吧？」

「呃，嗯。」

我回應完她，便把視線轉向尖叫聲的發源地。

教務處的每個人都看著那邊。想找到罪魁禍首很簡單，然而，當我知道凶手是誰時，不禁目瞪口呆。

眾人視線的集中處，正是站在原地狠狠地瞪著這裡的潘如翎。我還以爲權恩亨一定很尷尬，沒想到完全沒有，他也一臉認眞地看著我們這裡。

我下意識地舉起手指，指了指自己的臉。

『我嗎？是我怎麼了嗎？』權恩亨搖搖頭，笑著和眼前的老師說。

「老師，如翎的腳好像被刺到了。」

「是、是嗎？」

老師的語氣仍抱持著懷疑，應該是覺得被刺到也不可能叫得那麼慘，而我也認同這個想法。

『拜託，幹嘛突然尖叫啊？』我瞇著眼看向她，但李露多卻突然叫住我。

「小丹。」

「嗯？」

「妳希望位子怎麼安排？」

清脆的嗓音又讓我回頭面對她，她彷彿對剛才的騷動毫不知情，一臉純眞地看著我。

我直勾勾地盯著她，聳了聳肩，接著對班導說道。

「老師，我們先回去問同學的意見，如果過半數的人想重新換位子，我們再來抽籤可以嗎？」

「嗯，那你們回教室就先調查看看吧。統計完以後，再把聯絡資料和牛奶申請單發下去。」

「好。」

語畢，李露多伸手把散落在桌上的紙張收了起來，然後看著我說道。

「走吧。」

「哦，好。」

我從椅子上站起身，往教務處門口走去時，突然覺得側臉熱熱麻麻的，轉頭一看，才發現潘如翎還在瞪著這裡。看到她的表情，我不禁心想，她果然不是腳被刺到。

我左右張望，確認沒人在看這裡後，從口袋掏出手機，按了幾下。有事就傳訊息吧。

潘如翎一臉不滿，氣呼呼地轉過頭。

我看向她身旁的權恩亨，然而權恩亨的視線不在我身上，而是停留在我前方腳步飛快的李露多她耀眼的金髮上。

哇，女扮男裝果然厲害，一下就吸引到權恩亨了。我暗自想著，雙腳跟著李露多。

正要開門的她突然轉頭看向我。

我也跟著停下來，但在看向她那雙眼睛時，不禁嚇了一跳。李露多站在大片白光灑落的地方，我仔細看著沐浴在光線下的她，發現她的眼睛不是湛藍色的。

她的雙眼乍看並不是明亮的藍色，在陽光反射下，就像鑲著一點一點的翡翠色寶石，閃閃發亮。由於實在太美，我不自覺地發出讚嘆。

「哇。」

「……？」

李露多有點茫然地看著我，她舉起手，仔細地摸著自己的臉，彷彿是想確認臉上是否有沾到東西，而我搖了搖頭。下一秒，她好像想到自己的雙眼，情況突然變得怪異。

『她幹嘛突然露出這種苦澀的微笑啊？什麼意思？』對於這莫名其妙的狀況，我感到一頭霧水。

現實生活裡也沒什麼事能讓人露出這種笑容，畢竟難過的話，放聲大哭就好，誰還會一臉苦澀啊？

那種表情只有連續劇的主角在提起自己悲慘的過去時才會出現。

我頓時湧上一股不安，往後一看，發現潘如翎和權恩亨仍然盯著這裡。

李露多終於開口，她眼眶顫抖，看起來楚楚可憐。

「我的眼睛……很像怪物吧？」

「……？」

我呆呆地望著她的苦笑，她的眼角仍然哀傷地顫抖著，看起來不像是在開玩笑。

當我發現她不是在鬧，下一秒就想拍手叫好，眞是太厲害了。

天呀，怎麼辦到的？怎麼會有人若無其事地說出「我像怪物吧」這種話？

當然，男女主角對自己的外表或能力感到自卑的這種故事素材非常吸引人，尤其是奇幻小說非常常見。代表性的例子如下：

極爲強大的男主角，獨自一人消滅攻擊自己的一萬名士兵。此刻，女主角走向渾身浴血，站在原地的男主角，而男主角露出一個苦澀的笑容，開口說道。

「不要靠過來。」

「……」

「跟我這種怪物扯上關係沒有好處。」

還有一個例子如下。在一個只要是黑髮就會被指責爲惡魔的世界，黑髮男主角對女主角說：「妳沒看到我的黑髮嗎？我、我可是惡魔！我是怪物！我會毀了妳！」

重要的是，他們都要發了狂似的大吼，然後露出苦澀的笑容。我一邊想著那一字一句，一邊看著李露多的苦笑。

那種晦暗的表情一點都不適合個性活潑、金髮藍眼白皮膚的李露多。

她用那雙湛藍的眼眸低頭看我，彷彿是在等待我的答覆。

看權恩亨和潘如翎專心地看著這裡，應該也有聽見我們的對話。我陷入了沉思。

總之，作者一定是打算讓我成為李露多的小嘍囉，這一點從李露多接二連三親暱的舉動就看得出來。而如今，就是那一刻——我能獲得李露多信任的關鍵時刻。

你問我怎麼會知道？請聽我娓娓道來。

如我剛剛舉的例子，男主角對女主角大喊「我是怪物」時，女主角通常都會如何回應呢？很簡單。

她們內心深處湧上憐憫之情，淚眼汪汪。接著，不顧男主角說不准靠近，鼓起勇氣一步一步地走近，男主角的眼神也因此而動搖。

然後，女主角站在距離男主角幾步之遙的地方，說了一句話。

「你不是怪物。」

「……」

「你這麼美，怎麼可能是怪物？」

女主角一邊想起男主角遭到迫害的歲月，一邊流下熱淚。她靜靜地抱著男主角的背，劇情就這樣劃下句點。

哈，我愣愣地看著李露多湛藍的雙眼。如果把當前的狀況套用到我剛才舉的例子裡，就會像這樣——

李露多：妳沒看到我藍色的眼睛嗎？我、我可是惡魔！我是怪物！我會毀了妳！

面對這種老套的劇情，我應該要有的反應很簡單。我只要在這個節骨眼流下淚水，告訴她「妳不是怪物」，這輩子就能當李露多的Best friend。之後，我會在李露多的誘惑下，以學生的身分跑夜店、喝酒，跟不良少年打交道……

哈！我對作者嗤之以鼻。李露多看著剛剛還愣在原地的我，此刻突然笑出聲，她頓時一驚。我望著她轉動著湛藍眼珠的模樣，在心中暗自呢喃。

抱歉了，李露多。妳活潑的頭腦非常完美，但是為了擺脫這部小說的劇情，我只能這麼做。

過了一會兒，我對李露多露出燦爛的笑容。她嚇了一跳，我則無情地吐出一席話。

「嗯，有點。」

「……」

「畢竟我是韓國人，看起來有點奇怪，不過也沒有到很可怕啦，只是像普通的怪物而已。」

李露多一臉呆滯地看著我，而我只能在心裡向她謝罪。我又不是有種族歧視的笨蛋，才不想說這種話。我對藍色眼珠一點偏見也沒有，不然怎麼會和劉天英、禹宙仁當朋友？然而我卻不能實話實說。不好意思，我必須和李露多保持距離。而且剛剛看到李露多露出苦澀的表情，我知道自己成功刺到她的痛處了。

看著她僵硬的表情，我不禁心想，Yes！萬歲！我做到了！在我雀躍不已的同時，背後傳來噗哧一聲。

這種清脆的笑聲並不常見，我一回頭，果然看到掩嘴偷笑的潘如翎。她看著李露多，瞇著的眼笑得宛如半月。

李露多卻一副不知道自己被嘲笑的樣子，可能是受到的打擊太大，我輕輕搖了一下她的手臂，她這才看向我。

我聳聳肩，泰然地笑了笑，開口說道。

「露多，走吧。」

接著，我喀啦啦地打開教務處的門，稍微猶豫了一下，便勾住李露多的手臂。要是她把我的手甩開，就表示我的作戰百分之百成功了。

在走出教務處的同時，我緊盯著勾住李露多的那隻手。

『來吧。說妳是怪物的女生突然親暱地勾住妳的手臂，一定很討厭吧？是不是滿肚子火？一定很想毀了一切吧？趕快把我的手甩開啊，快！』

就在我內心不斷施咒，步伐緩慢地走出教務處，再喀啦啦地關上教務處的門爲止，什麼事都沒發生。

我呆呆地望著我的手臂，再緩緩地將視線投向李露多的臉，但是她的表情卻不太對勁。她的臉頰直到剛剛都還白皙透亮，現在卻莫名染上了紅暈？

我愣了一下，一邊心想，「是感冒嗎？應該是吧。」

接著，我馬上意識到逃避現實並不會帶來任何幫助，於是默默地鬆開手，丟下呆站在原地的她，大步走開。

我穿越走廊，在心中思索。也對，她應該是氣到臉紅，總不可能是「妳是第一個這樣回應我的女人」這種劇情吧？

然而，在我這麼想的同時，背後傳來開朗的聲音。

「小、小丹！」

我轉過頭，之前李露多叫我名字的語氣，並沒有任何感覺，現在卻聽得出她在顫抖。她的雙頰仍然紅得像是晚霞一般。

我呆愣愣地看著她，她開口說道。

「呃，一、一起走吧。」

「……」

「我、我、我可以牽妳的手嗎？」

我不發一語地站著，接著腳步急促地走開，而李露多也邁著那雙大長腿跟上我的步伐。

我不知道潘如翎在後面目睹著一切，只顧著甩開李露多的手，用幾乎小跑步的方式在行走。

這還是我第一次覺得，在春日陽光灑落的走廊上走路竟是如此駭人。

由於每班的班導風格不一樣，八班一下子就選出臨時班長與副班長，一班則是剛剛才舉辦完班長與副班長的票選活動。接著，潘如翎和權恩亨在老師的叫喚下離開教室。他們走後，教室彌漫著略微輕鬆的氛圍，但是圍繞著四大天王的目光並沒有隨之消失。

殷智皓覺得很不滿，這些視線讓他不自在到什麼都做不了。以後要適應這個環境，不知道又要花多久的時間。

禹宙仁還在敲打著遊戲機，殷智皓則一臉無精打采地撐著下巴看向黑板，上頭還寫著「潘如翎」、「權恩亨」，下面畫著幾個正字。然後，教室門忽然被打開，殷智皓的表情馬上明亮了起來。

他想和潘如翎與權恩亨說話，問他們「你們回來得真快，老師說了什麼」等等。但是他看著快步走來，一臉怒意的潘如翎，就說不出話來了。她烏黑的頭髮繚繞著黑暗的氣息。

通常在潘如翎變成這種狀態前，權恩亨就會阻止她了。殷智皓訝異地看向潘如翎背後的權恩亨，他的狀態感覺也不太好。他溫柔的眼角此刻充滿了殺氣。殷智皓不自覺地倒抽一口氣。

如果是別人就不好說了，但是權恩亨生起氣來比劉天英還可怕一百倍，畢竟他是四大天王裡最會打架的人物，這可不是空穴來風。

殷智皓突然想起劉天英之前跟他說的事。

事情就發生在權恩亨的母親過世幾個月後，在他六歲那一年的幼兒園裡，他和一位男同學打架鬥毆直至見血。

導火線是某個小女生單戀權恩亨，向她告白的男生一聽見對方說「我喜歡的是恩亨」，便不由分說地跑去找隔壁班的權恩亨，和他打起架來。

通常打架先發制人的都會贏，然而權恩亨年紀小小，卻以驚人的身手翻轉情勢，開始攻擊對方。

但是他沒有痛毆對方，而是計算自己被打幾下，還對方幾拳而已。

最終，權恩亨和小男孩被帶到園長室時，兩人都嘴角紅腫、臉頰瘀青。

幼兒園學生的證詞各不相同，事發當下，大家都太過慌張，所以記憶也很混亂，於是園長先打電話給兩人的家長請他們前來。

不到三十分鐘，毆打權恩亨的小男孩家長馬上開著私家車趕到，他們一看到權恩亨就是一陣破口大罵。

「天吶，你怎麼能把我兒子打成這樣?!搞什麼鬼?你爸媽怎麼到現在都還沒來?他們是怎麼教你的?竟然亂打別人的寶貝兒子!」

「呃，那個，尚賢的家長，請你們冷靜點。恩亨的家長還沒來，而且他也有被打。」

「好，我們等，但是他們什麼時候來?我們可是很忙的。」

穿著西裝的中年男子一邊說，一邊舉起手腕上的手錶，彷彿是要展示給園長看，那支錶一看就知道所費不貲。
園長焦急地看向權恩亨，開口說道。
「你爸爸在哪裡工作？」
「哎，不管是要叫他爸還是他媽，趕快過來才是重點。」
「呃，他媽媽已經……」
園長結結巴巴的，說不出權恩亨的母親才剛過世沒幾個月，但是他的欲言又止已經透露了一切，對方的母親馬上用尖銳的嗓音怒吼。
「哼，難怪這孩子會做這種事！喂，你、你媽在哪裡？她人在哪?!」
「請妳不要這樣！」
「爲什麼不能這樣？他就是家教不好才會學壞啊！喂，你還不快道歉？這麼沒教養，還不安分點，竟敢隨便打人，簡直欠教訓！」
在女人尖酸刻薄的謾罵之下，權恩亨的臉色愈來愈蒼白。園長心疼地看著他，同時制止著那位母親，她卻完全聽不進去。
母親不在了，父親則還沒來，而且可能是聽到了他的職業是司機，所以對方家長說話毫不留情，他們倆一鼻孔出氣地開始辱罵權恩亨。此時，園長室的門被打開了。
男孩家長一臉憤慨地轉頭，他們心想，一定是那個穿著破爛衣服的司機來了。然而，那個人的打扮卻讓他們意想不到。

那是個擁有令人印象深刻的冰冷藍眼、臉色蒼白的女人。從她銳利如老鷹的眼神與高挺的鼻梁就能看出少女時期時肯定是美女。而走在她身後，看似年輕的男子則一臉溫和，可是他高眺的身材與氣宇非凡的步伐，讓人不自覺地感到畏縮。

兩人身上的名牌非同小可。園長與男孩的父母輪流看著他們，接著馬上就明白了。難怪會覺得他們很眼熟，竟然是曾經在電視上看過的大人物。他們不就是渤海集團的繼承人夫妻檔嗎？

他們的名氣可不是普通地大，但是再怎麼想也猜不透區區一個司機的兒子和他們究竟是什麼關係。

在男孩家長說話前，渤海集團的繼承人搶先開口。

「我把這孩子當親生兒子看待，他的爸媽也是我最好的朋友，只是現在有工作在身無法前來，有什麼事就和我說吧。」

「呃，這……」

「園長，這孩子做錯什麼了嗎？」

男子一邊說著，一邊溫柔地撫摸權恩亨的頭髮。

那一刻，權恩亨並不是感到安心，而是難以自拔地感到歉疚。他知道堂堂大集團的繼承人該有多忙，現在竟然爲了自己，偕同妻子來到這裡。

渤海集團繼承人夫婦的出現，俐落地解決了這件事。但在權恩亨的心中卻留下了難以抹滅的教訓。

自己的事自己解決。換句話說，就是在家長被叫來學校前，必須靠自己的能力解決，不留後患。

後來，權恩亨爲了自行解決所有事，不斷培養自己的能力。某次，殷智皓和他一起走在路上，因爲高調的髮色被找碴，令他也知道了權恩亨這讓人意外的一面。

權恩亨處理事情並不是打完架就算了。殷智皓至今仍然忘不掉，當時，權恩亨走向被打趴在地的不良少年們，露出親切的笑容，說出了一席話。

一開始，有點沒頭沒尾的。

「黑道有很多慣用的處決手法，你們知道嗎？」

「……？」

權恩亨哈哈笑了一下，把手插進口袋裡，垂下眼，表情突然變得冷冽。他的嘴角仍然上揚，眼神卻殺氣騰騰，就像馬上就要幹大事一樣。接著，他笑著開口。

「像是把人丟到海裡餵鯊魚，或是做成消波塊。」

「……」

「還是把你們的腸子挖出來跳繩？怎麼樣？」

「……」

「想報仇就試試看啊，我讓你們見識一下行不行得通。」

不到五分鐘，剛剛氣勢洶洶找碴的不良少年們頓時喪失了語言能力，一個個抬著頭看著權恩亨的笑臉。

這種威脅不是聽來可笑，就是瘋狂到令人恐懼，而權恩亨正是後者。

如此誇張的用詞，由一般人來說一定會讓人笑掉大牙，但是看著權恩亨森冷的笑容，連殷智皓都笑不出來，因爲權恩亨看起來就像下一秒便會讓恐嚇成眞。

權恩亨轉身，心情好轉地搭著殷智皓的肩。他一派輕鬆地說。

「走吧，發什麼呆？」

「你……」

「嗯？」

「沒事。」

從此以後，殷智皓心頭烙印了新的教條：不要惹到沉睡中的獅子，否則會被碎屍萬段。

回想起恐怖記憶的殷智皓吞了口口水，盯著慢條斯理地走到自己身後，拉開椅子的權恩亨。

他眼裡會有殺氣，一定是因爲有人招惹他。不對，那個人不但惹到沉睡中的獅子，甚至還踩在獅子的尾椎上跳踢踏舞。

他還是第一次看到權恩亨這麼陰冷。雖然想問他怎麼了，但是看著他眼中彌漫的殺意，頓時失去了開口的勇氣。

劉天英不愧是他的青梅竹馬，一下就道出疑問。

「怎麼了？」

「對啊，你怎麼了？」

殷智皓嚇了一跳，馬上跟著問道。然而，出乎意料地從前方傳來回應。

一轉過頭，發現坐在他們前面的潘如翎也散發一陣陣的殺氣。她的殺氣重到隔壁的女同學都縮著肩膀忍不住瑟瑟發抖。她咬牙切齒地說道。

「欸，有個男生不但隨便勾一個剛認識的女生的手，還跟對方十指交扣，甚至把自己的下巴靠在人家肩膀上。」

「呃，嗯。」

「你覺得是怎樣？」

語畢，潘如翎用那雙深邃的大眼緊盯著殷智皓。

爲了回答她的問題，殷智皓動了動腦，當他意識到只有一個人能讓潘如翎產生這種反應時，不禁臉色發白。『不會吧，才開學第一天耶，怎麼可能？』

轉過身的殷智皓知道不是只有他一個人意會到此事，剛剛還一臉開朗的禹宙仁，表情突然變得如雕像一般僵硬。應該也是因爲這樣，電動裡的角色才會昏死在地。

劉天英充滿寒氣的雙眼又更緊繃了，關鍵在於權恩亨的表情。他的嘴角雖然上揚，眼神卻毫無笑意。接著，權恩亨笑著回答潘如翎。

「應該是對那個女生有意思吧？」

「對吧？」

「看起來滿像的啊。」

聽著權恩亨的回覆，殷智皓頓了一下，看來權恩亨親眼目睹了這些畫面。下一秒，潘如翎發出充滿威脅的吼叫。她說出口的話，讓殷智皓險些嗆到。

「我要讓他消失！」

「……」

是在拍連續劇嗎？但看到潘如翎的表情後，發現她好像是認真的。

殷智皓看著禹宙仁的表情，再看向劉天英的表情，接著再看回權恩亨的笑臉，這時他才領悟到，看來連權恩亨都不打算阻止她。

『天吶，才剛開學耶，拜託。』殷智皓轉頭望向牆壁上的時鐘，發現才開學不到三小時而已。僅僅過了三個小時，就發生如此嚴重的大事。

殷智皓不禁心想，『這間學校沒事吧？』

要是咸小丹知道殷智皓的想法，一定會馬上抱住他痛哭流涕，可惜她現在不在這裡。

此時此刻，咸小丹正看著李露多一臉羞澀地牽著自己的手，心想，『她到底在發什麼瘋？』

——全十七冊・未完待續——

CS001

網路小說的法則 01

作　　者　Yu Han-ryeo
譯　　者　Hammi
插　　畫　nokcy
責任編輯　陳冠吟、施雅棠
美術編輯　詹好涵、許舒閑

發 行 人　連詩蘋
發　　行　知翎文化
出 版 者　欣燦連股份有限公司
地　　址　242051新北市新莊區中正路653號2樓
電　　話　02-29019913
傳　　眞　02-29013548
E-mail　service@revebooks.com
初版發行　2024年（民113）4月11日
定　　價　台幣350元
ISBN　978-957-787-496-2

總 經 銷　聯合發行股份有限公司
電　　話　02-29178022
地　　址　新北市新店區寶橋路235巷6弄6號2樓

國家圖書館出版品預行編目（CIP）資料

網路小說的法則／Yu Han-ryeo. -- 初版.-- 新北市：知翎文化，民113.4
冊；　公分. --（瘋讀；CS001）
ISBN 978-957-787-496-2（平裝）

862.57　　112022122

知翎

知翎